MEL BAY PRESENTS

GUITAR WARM-UPS & SOLOS

BY WILLIAM BAY

1 2 3 4 5 6 7 8 9 0

QWIKGUIDE®

Visit us on the Web at www.melbay.com – E-mail us at email@melbay.com

Warm-Up Studies

① Play Slowly, Careful and Deliberate Fingering

Continue Down on All Strings

② Slowly

Continue on Each String

③

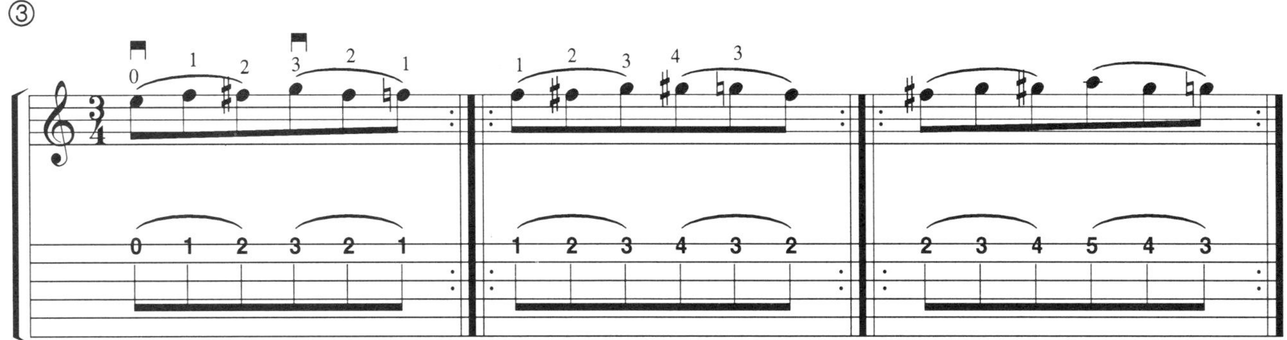

Continue on Each String

④

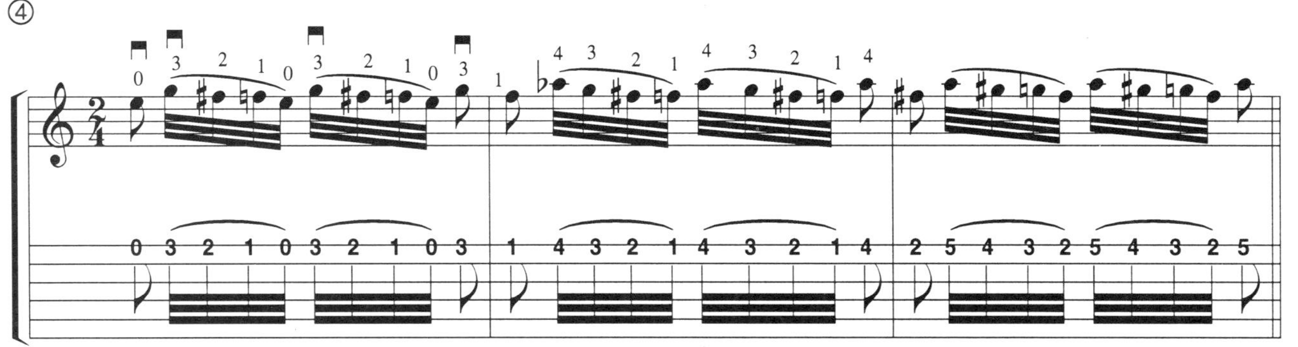

Continue on Each String

⑤

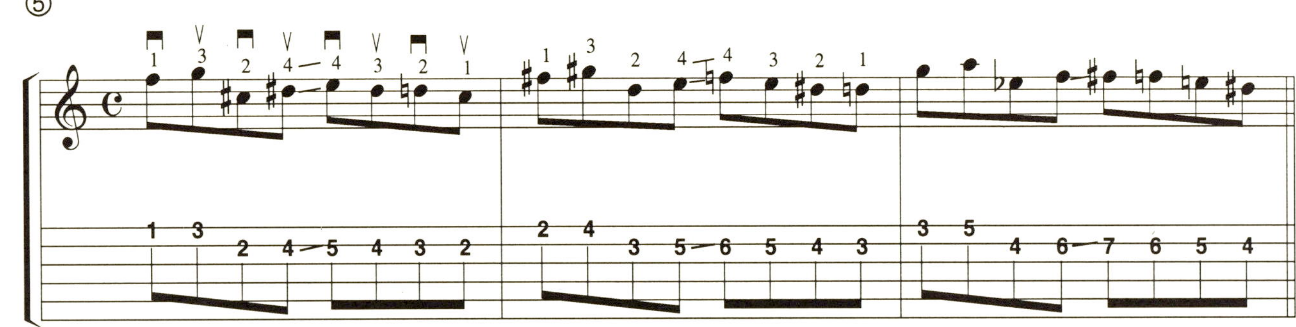

Continue on Each String

⑥

Continue on Each String

⑦

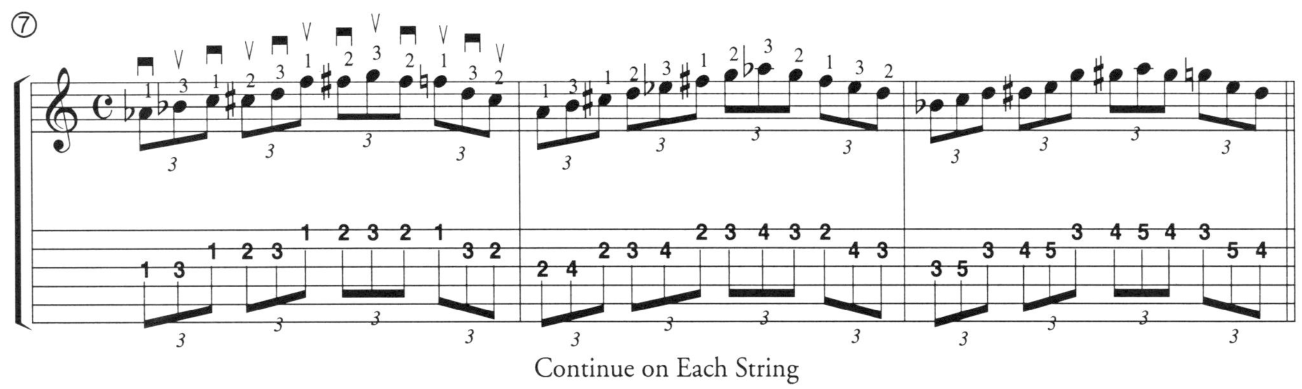

Continue on Each String

⑧

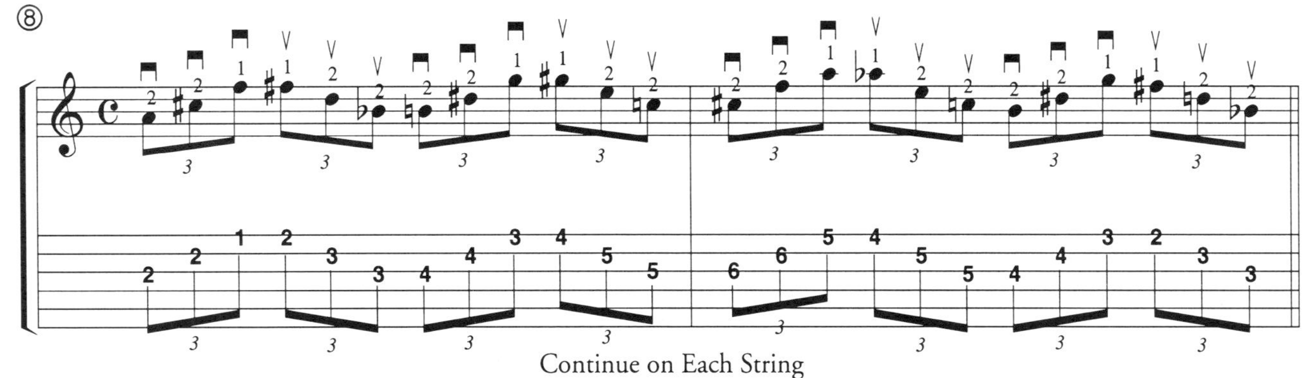

Continue on Each String

⑨

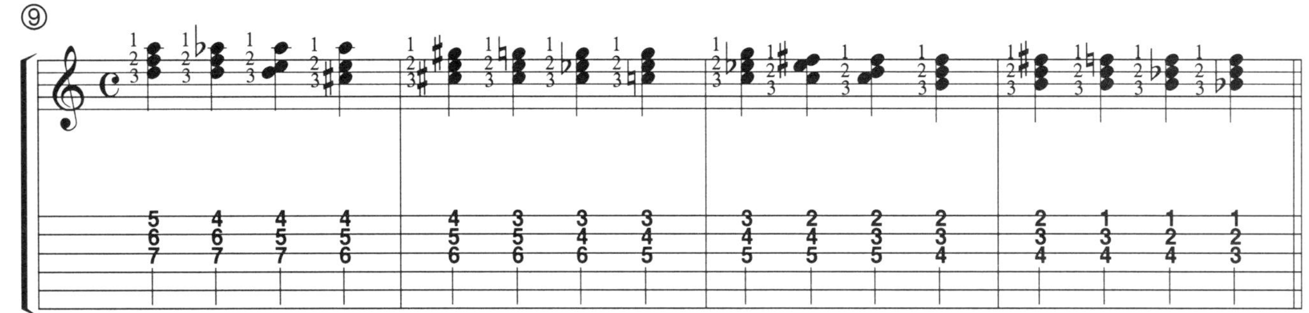

Continue on Each String

⑩

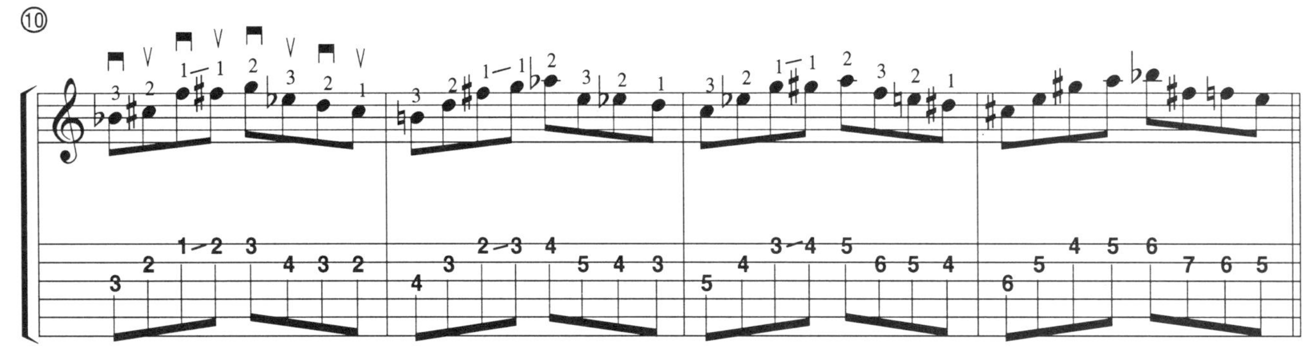

Continue on Each String

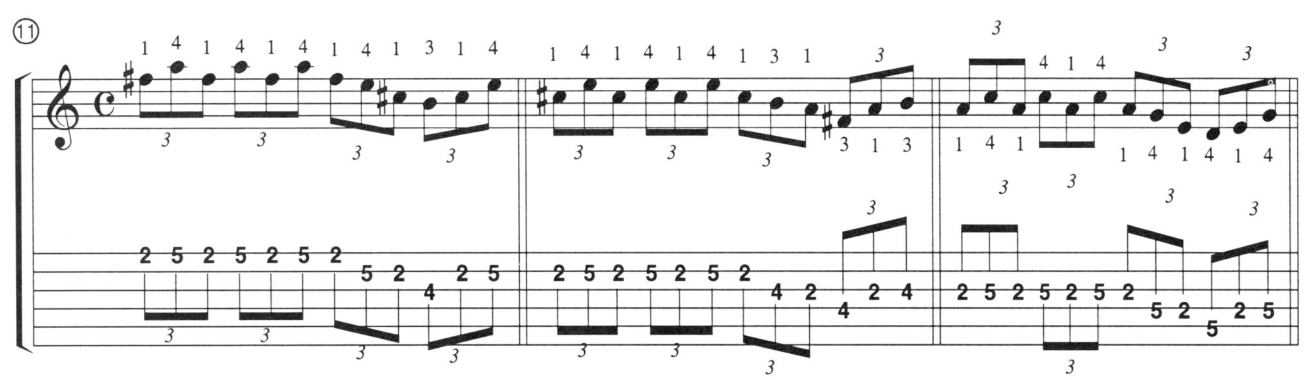

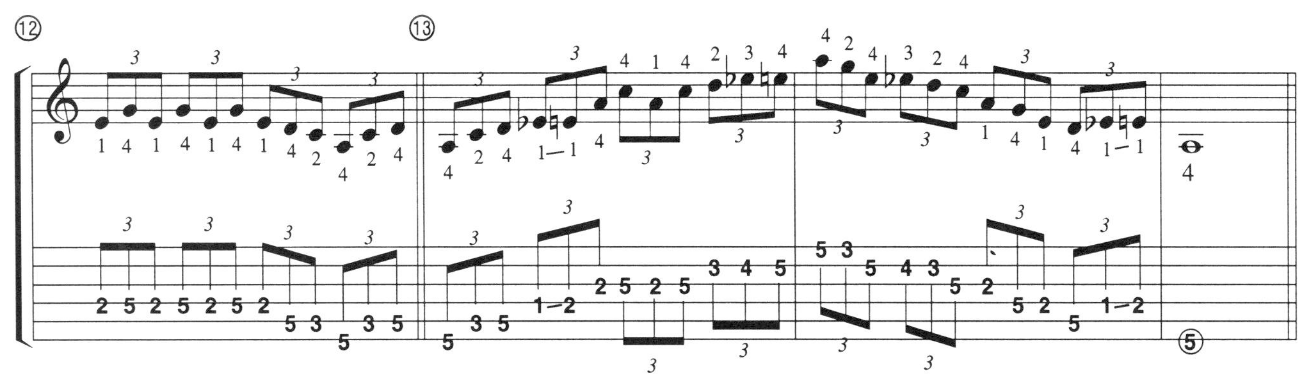

Warm-Up Solos

C Major

Swing Steppin'

Swing Feeling

W. Bay

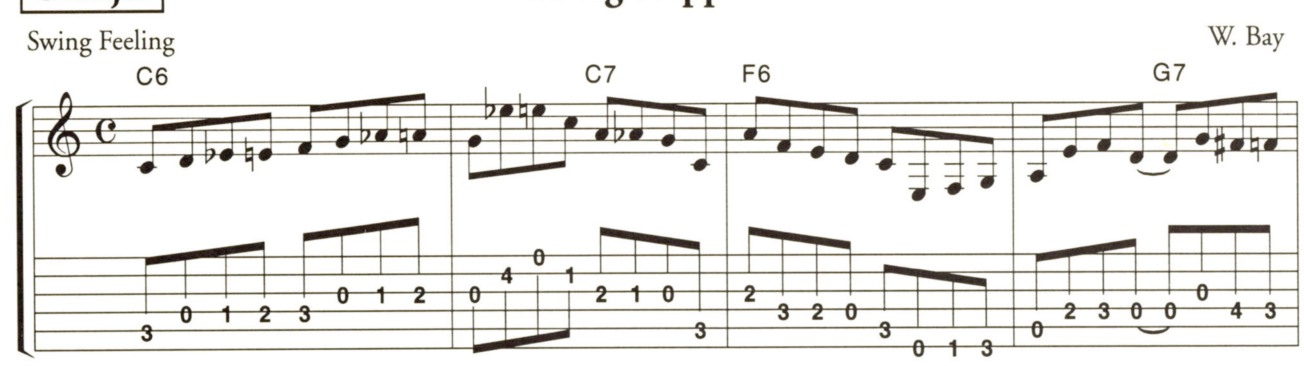

Fine

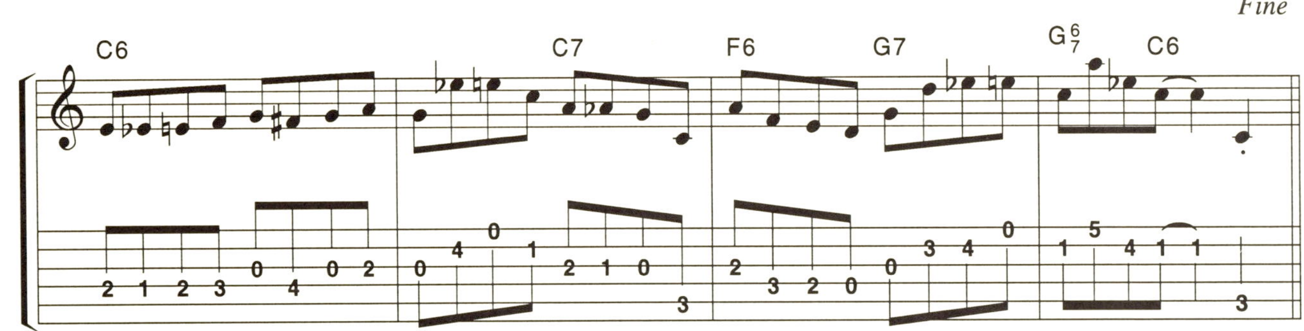

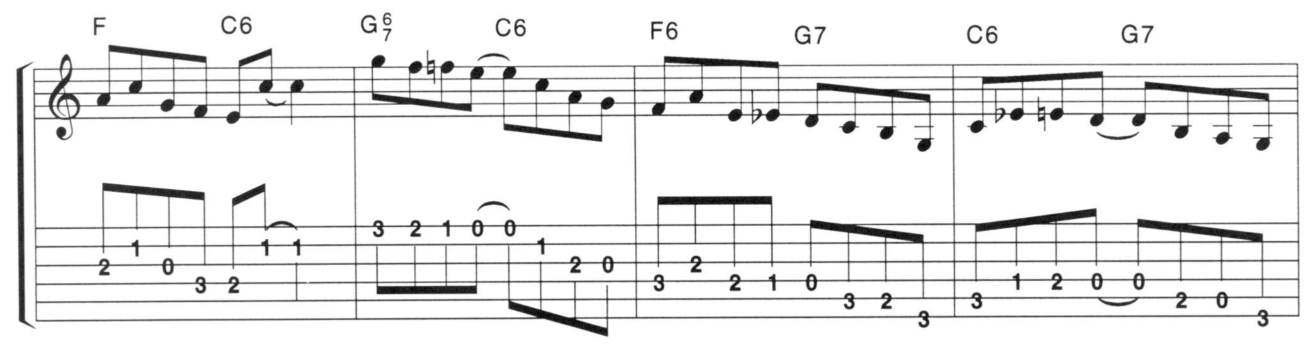

D.C. al Fine

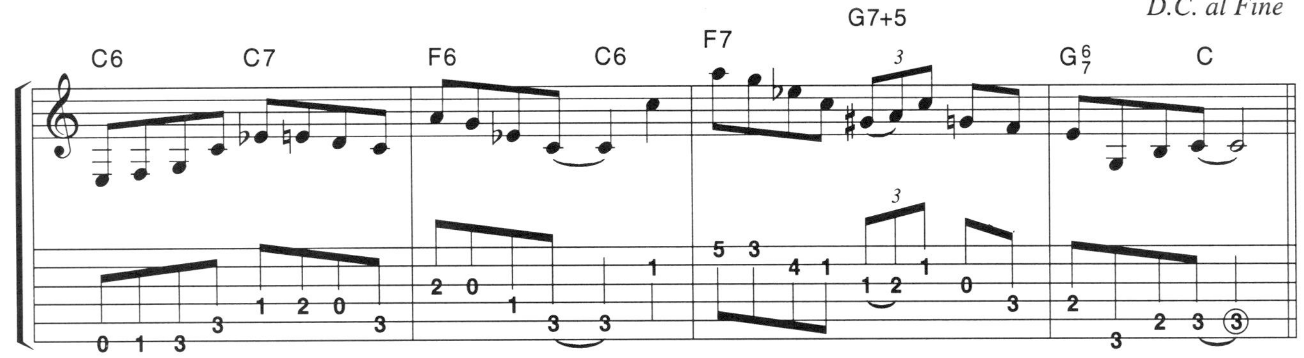

Catskill Night

A Minor

W. Bay

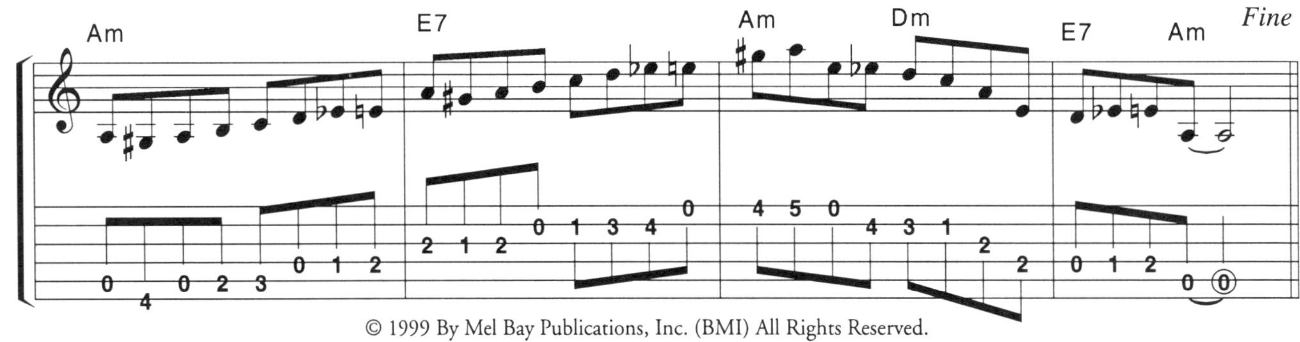

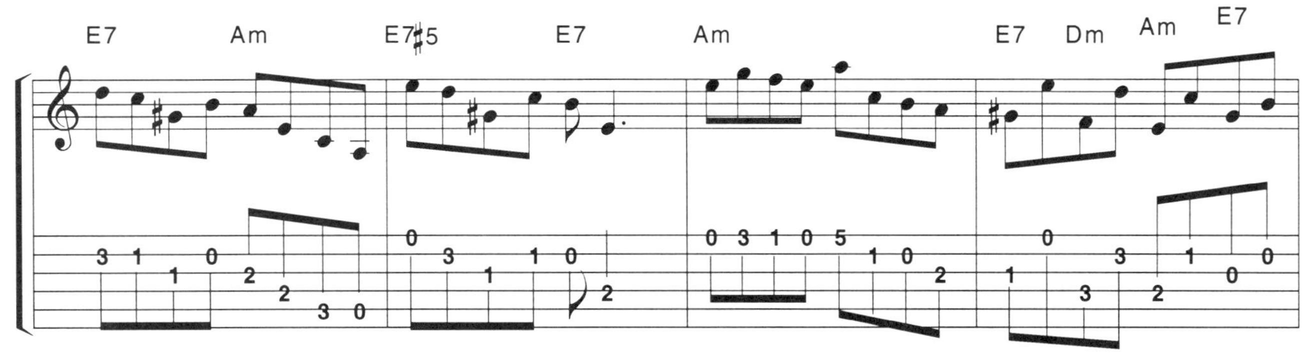

D.C. al Fine

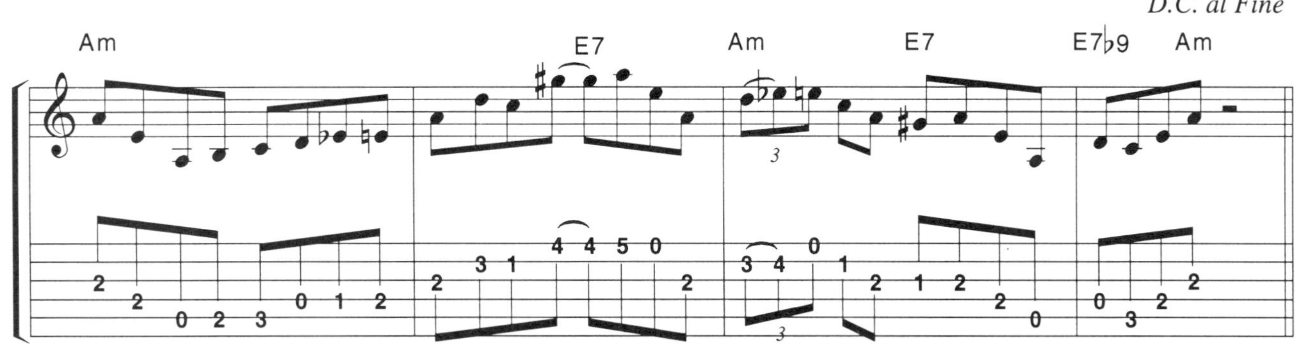

G Major

Winfield Waltz

W. Bay

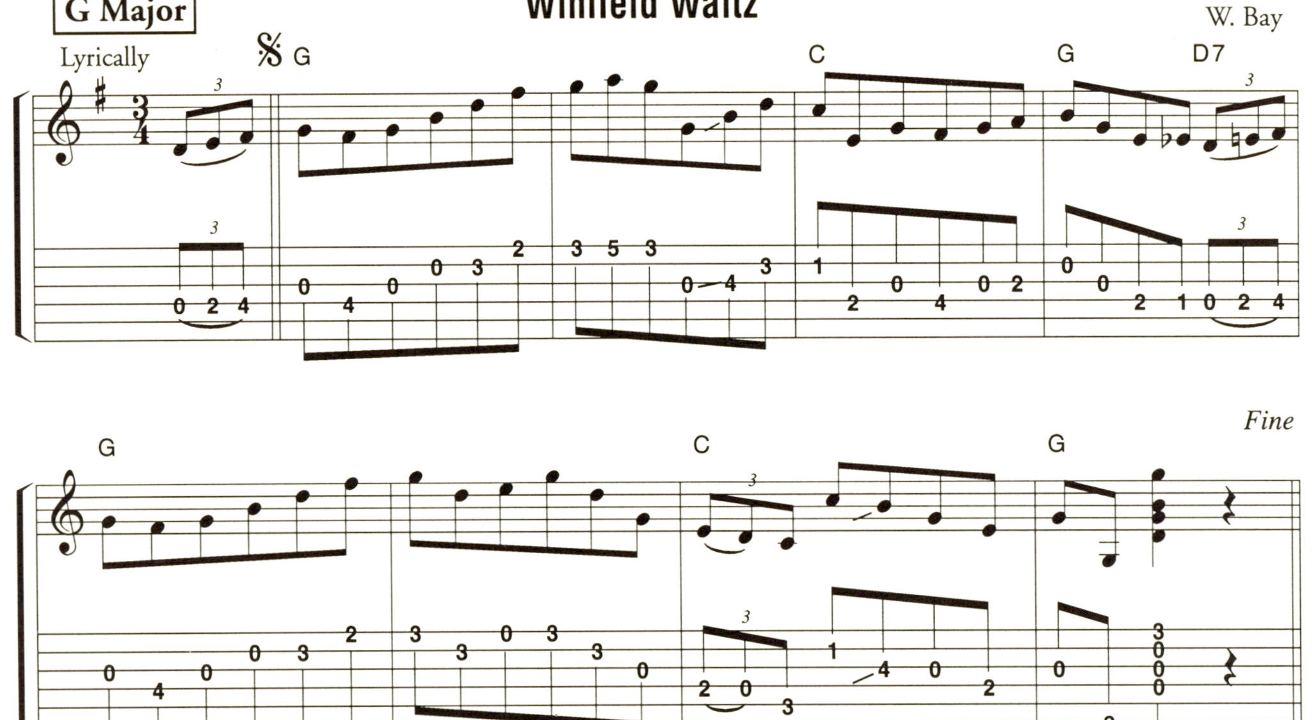

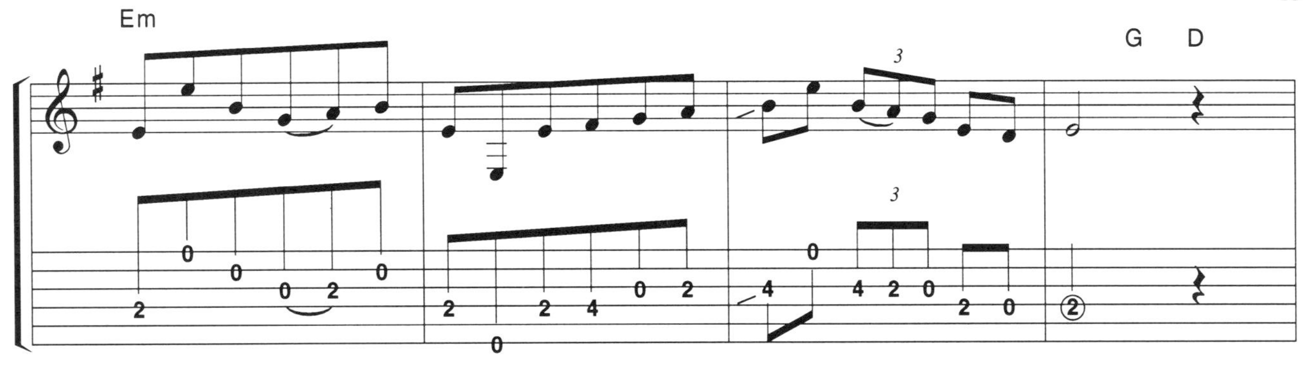

D.S. 𝄋 al Fine

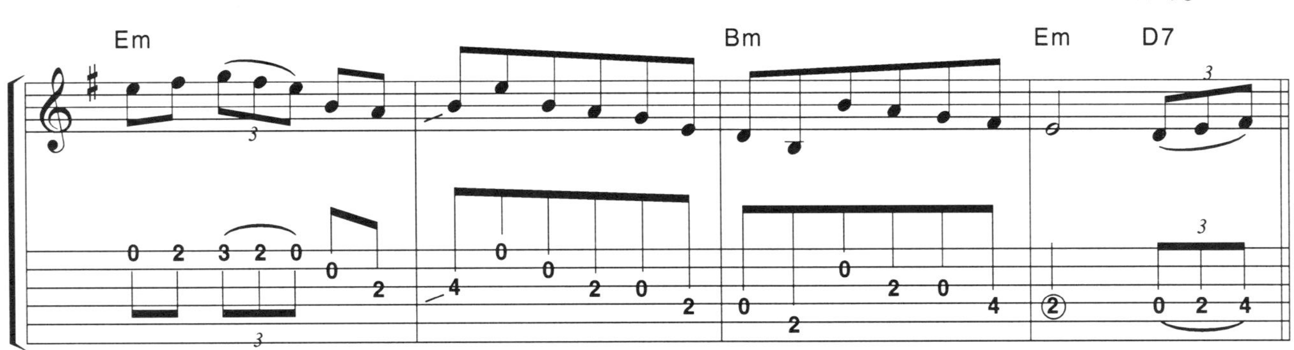

Coldwater Creek

E Minor

W. Bay

Em Am B7

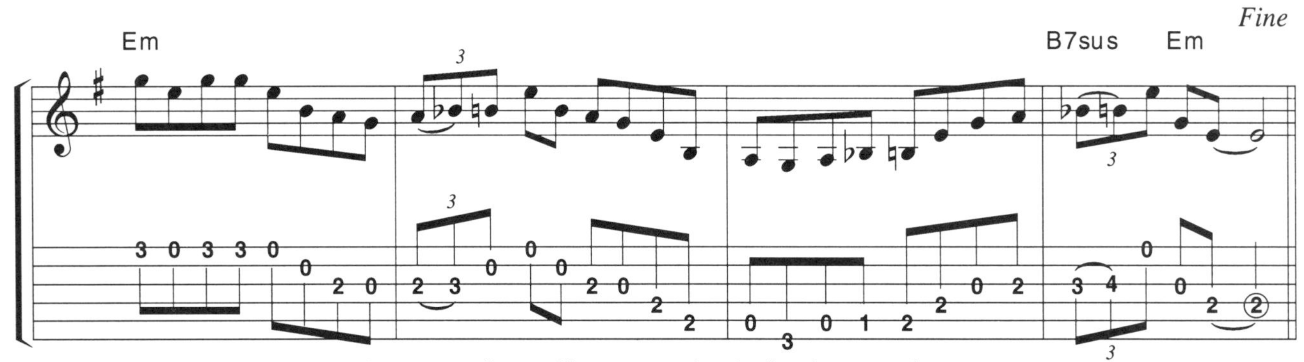

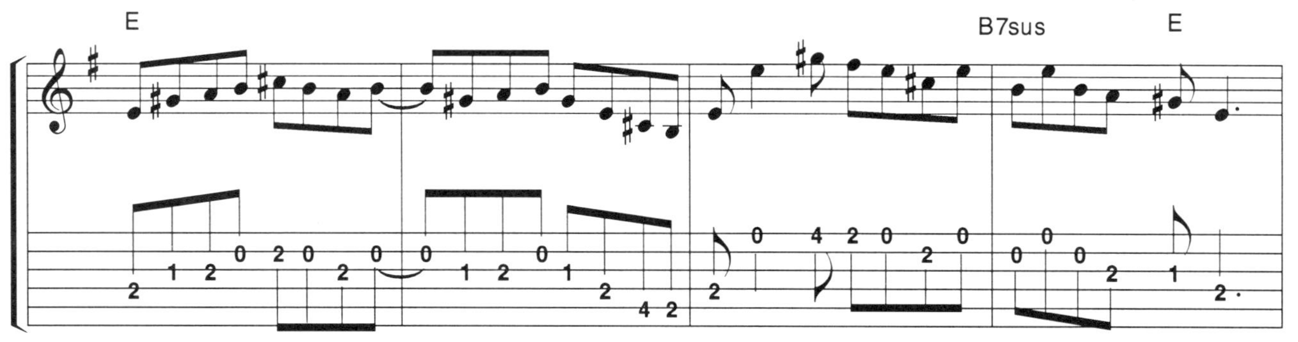

D.S. 𝄋 al Fine

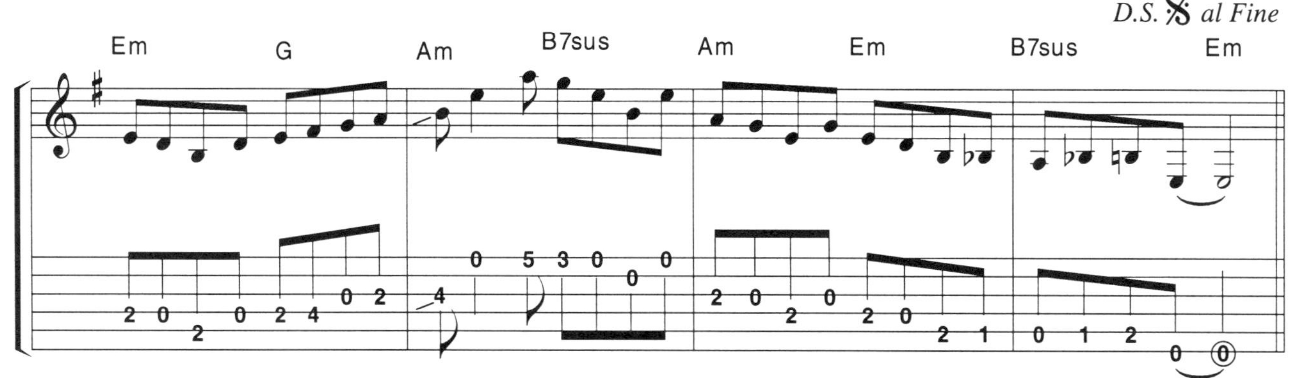

D Major

Dublin Dance

W. Bay

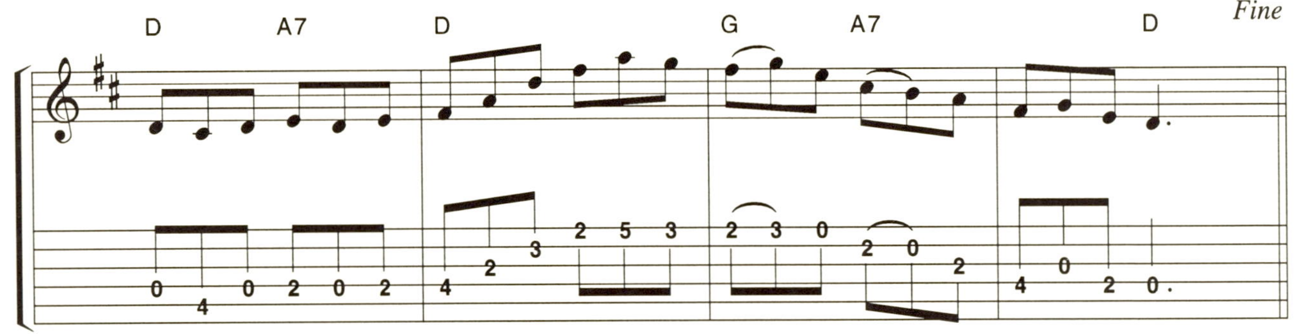

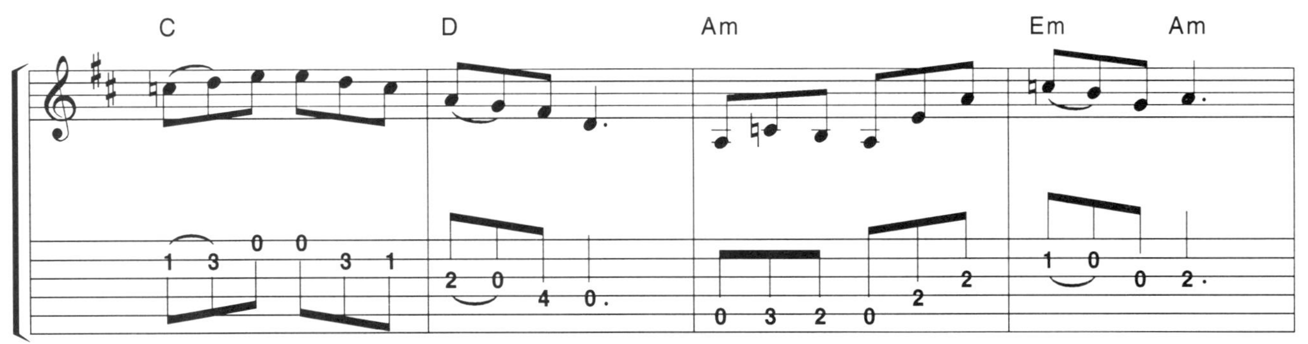
C
D
Am
Em
Am

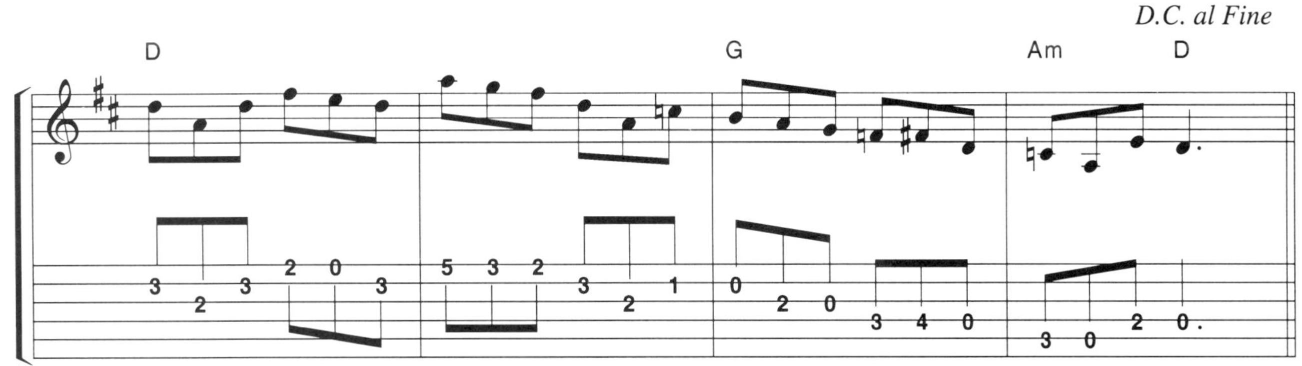
D.C. al Fine
D
G
Am
D

B Minor

5th Avenue Swing

Swing Feeling

W. Bay

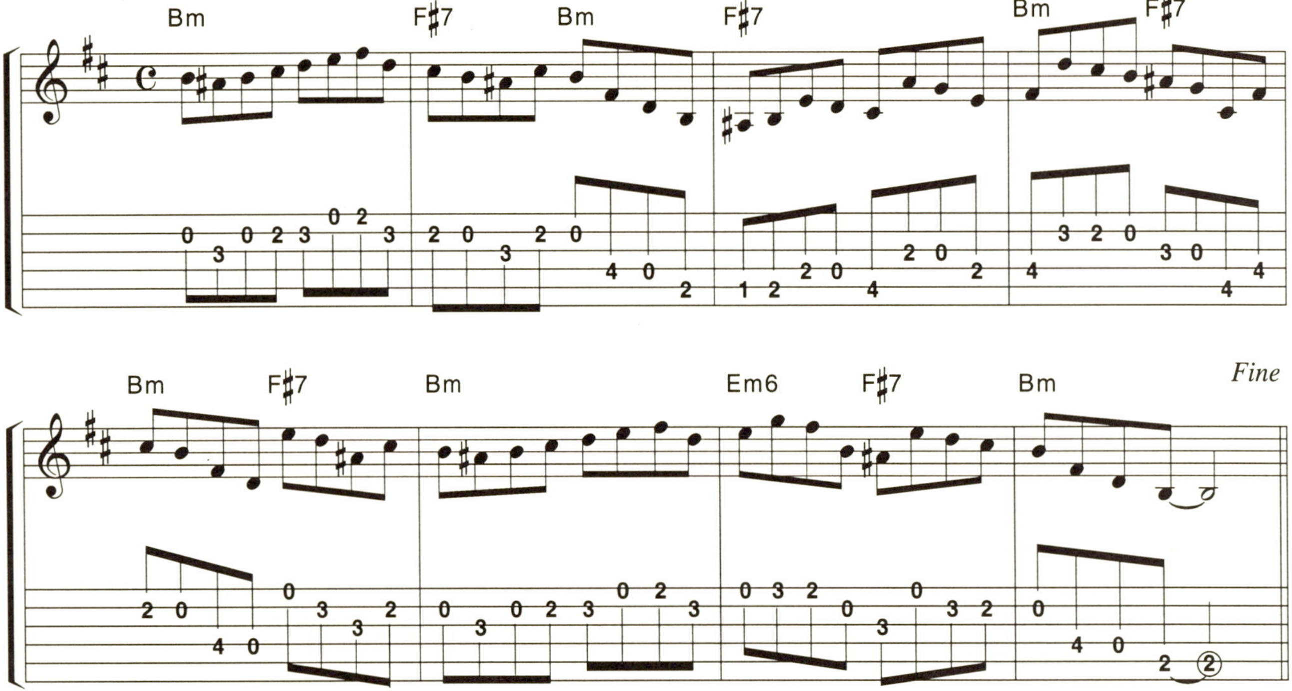

Bm F♯7 Bm F♯7 Bm F♯7

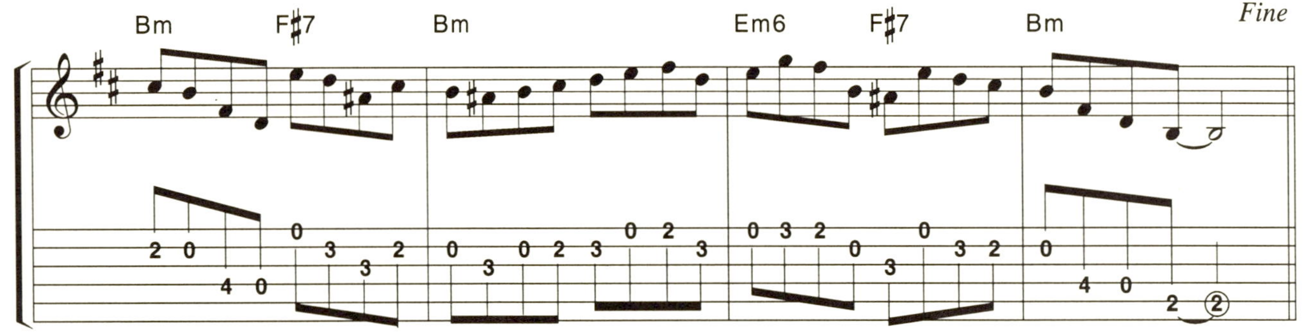

F♯7
Bm
Em6
Bm
F♯7
2 4 0 2 0 3 2 0
2 3 0 3 2 3 0 4
2 0 2 3 4 0 3 0
2 0 3 0 0

D.C. al Fine

Bm
F♯7
Bm
Em6
Bm
F♯7♯5
Bm
2 7 2 3 2 0
0 5 3 2 2 0
0 3 0 1 2 3 0 4
2 3 4 0 0 2

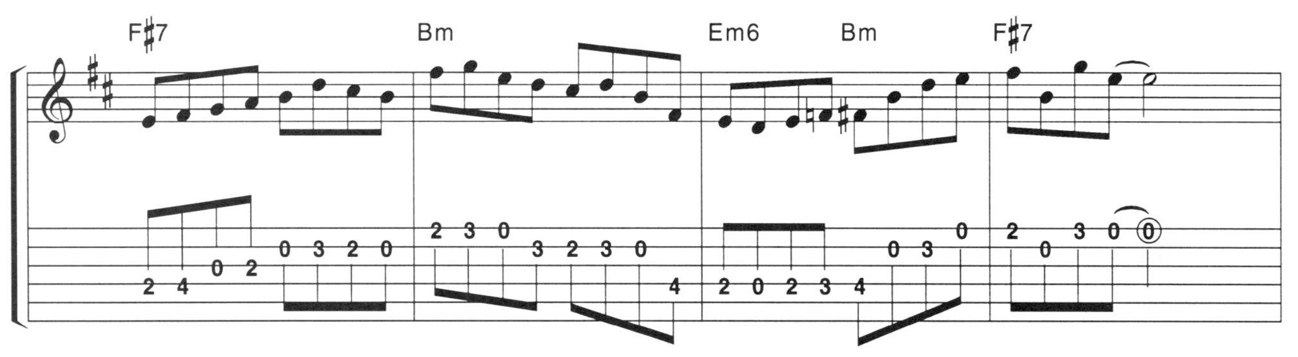

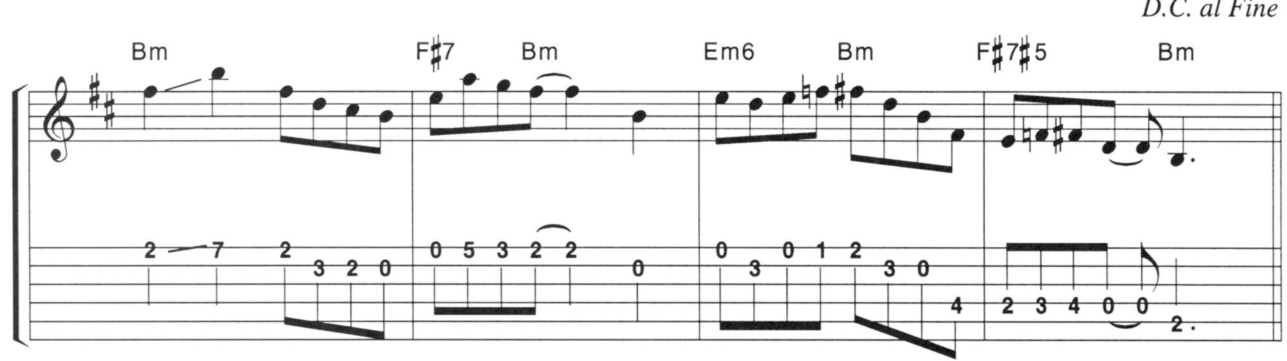

A Major

Sidney Street

Bright Tempo

W. Bay

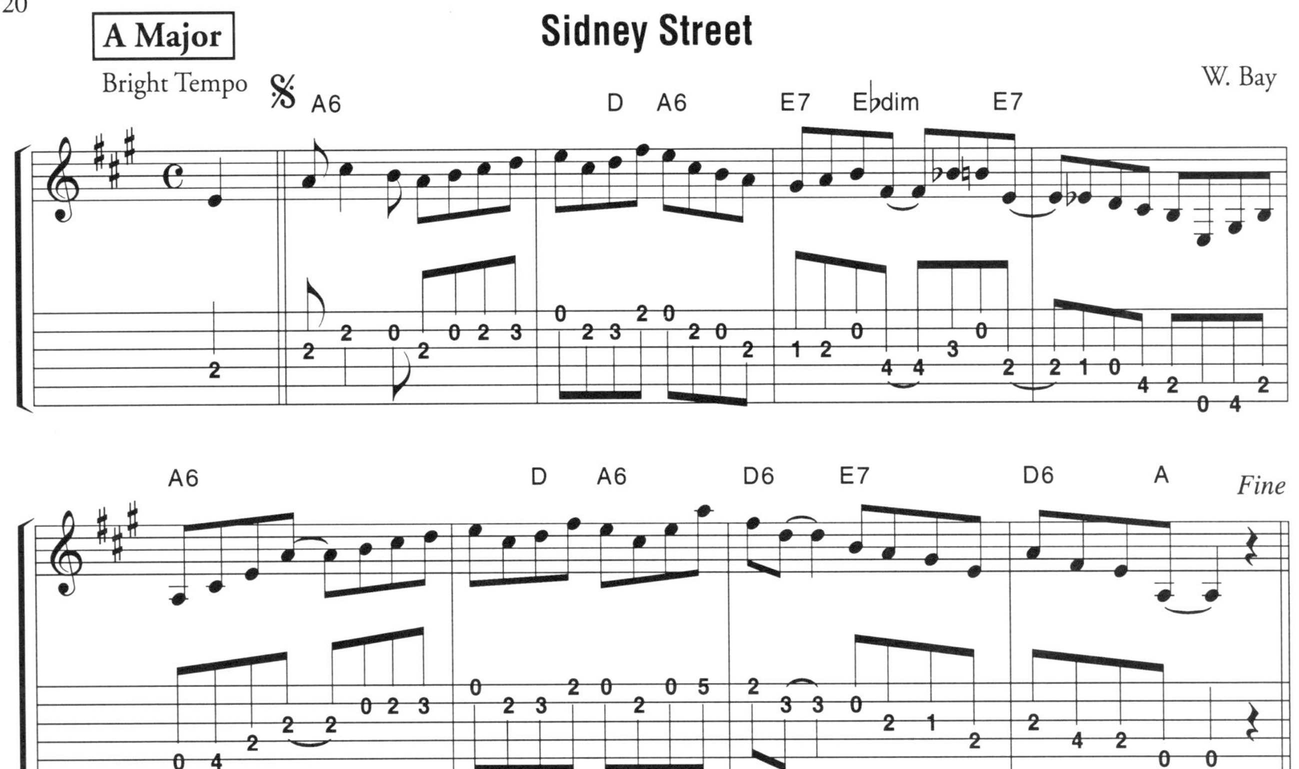

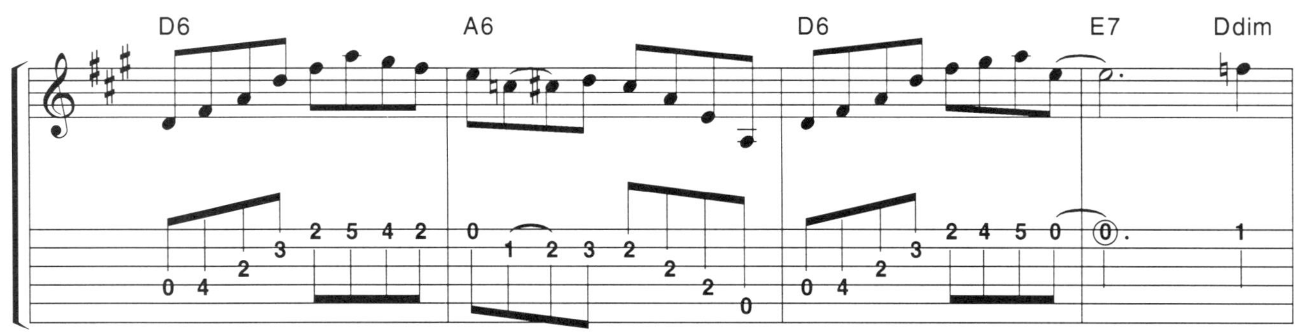

D.S. 𝄋 al Fine

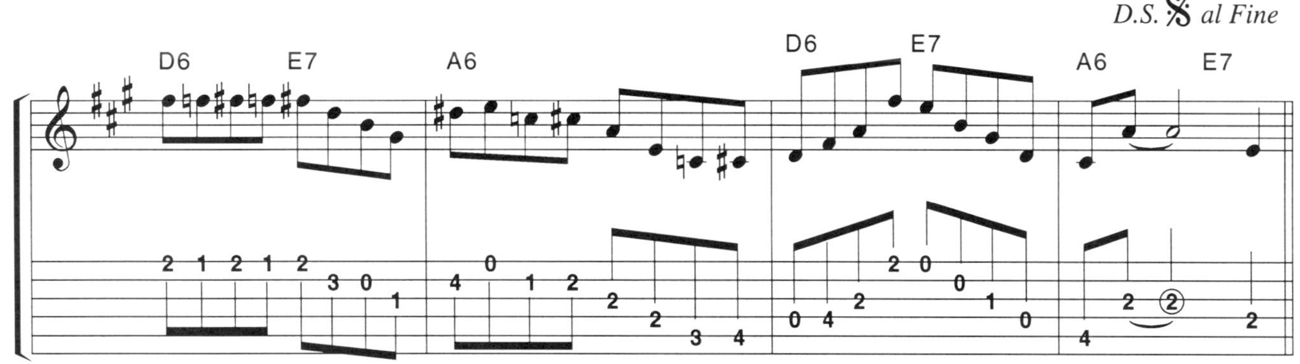

F♯ Minor

Mackinaw Straight

W. Bay

Rhythmically

F♯m C♯7 F♯m C♯7♯9

F♯m C♯7 Bm C♯7 F♯m *Fine*

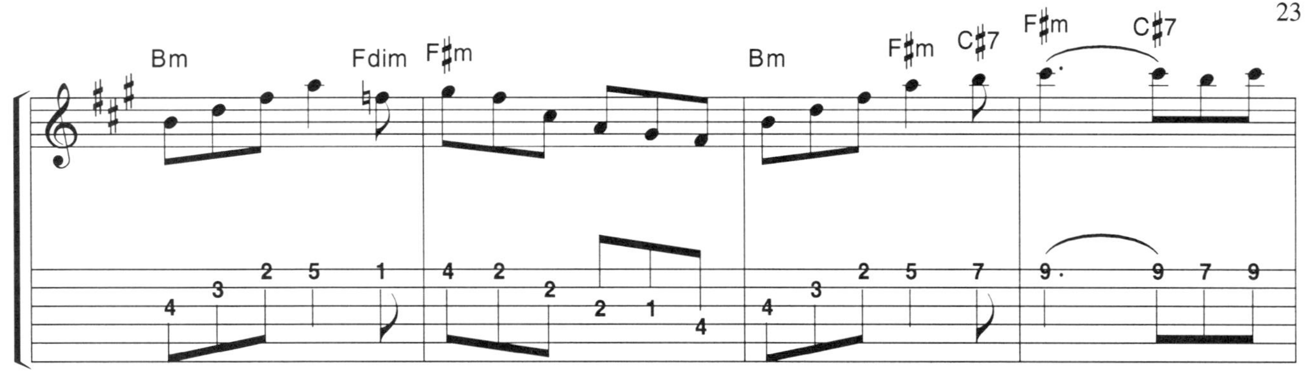

D.C. al Fine

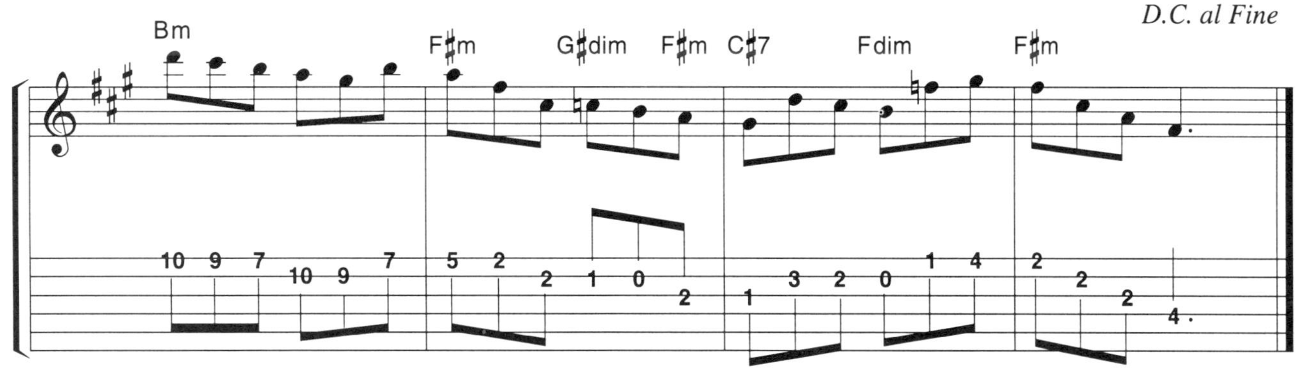

E Major

Fiddler's Dream

B7
E
A
Gdim
E
3
2 0 4 2 4 5 2
4 2 4 2 0 2
1 0 2 0 3 0
0 2 1 2 4 2
3

D.C. al Fine

B7
E
B7
E
3
2 0 4 2 4 5 2
4 2 0 2 0 1
2 1 4 0 4 2
0 0 2
3

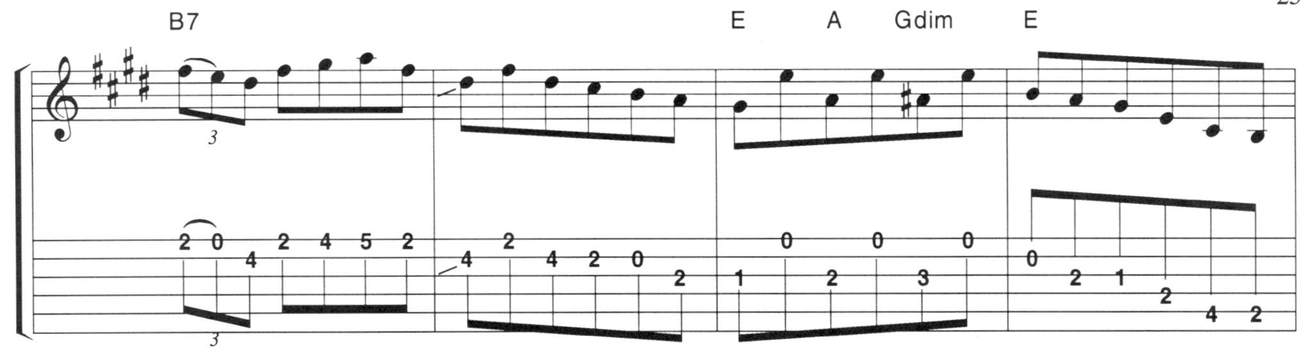

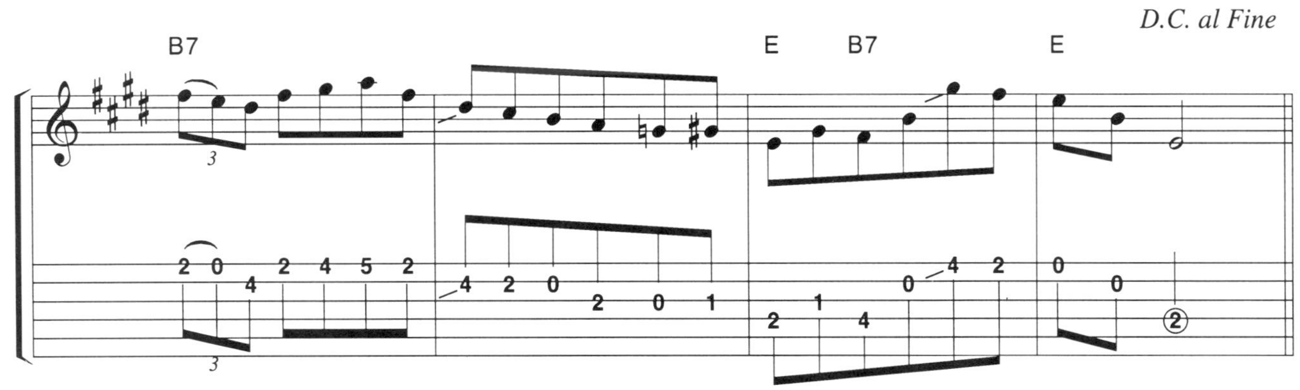

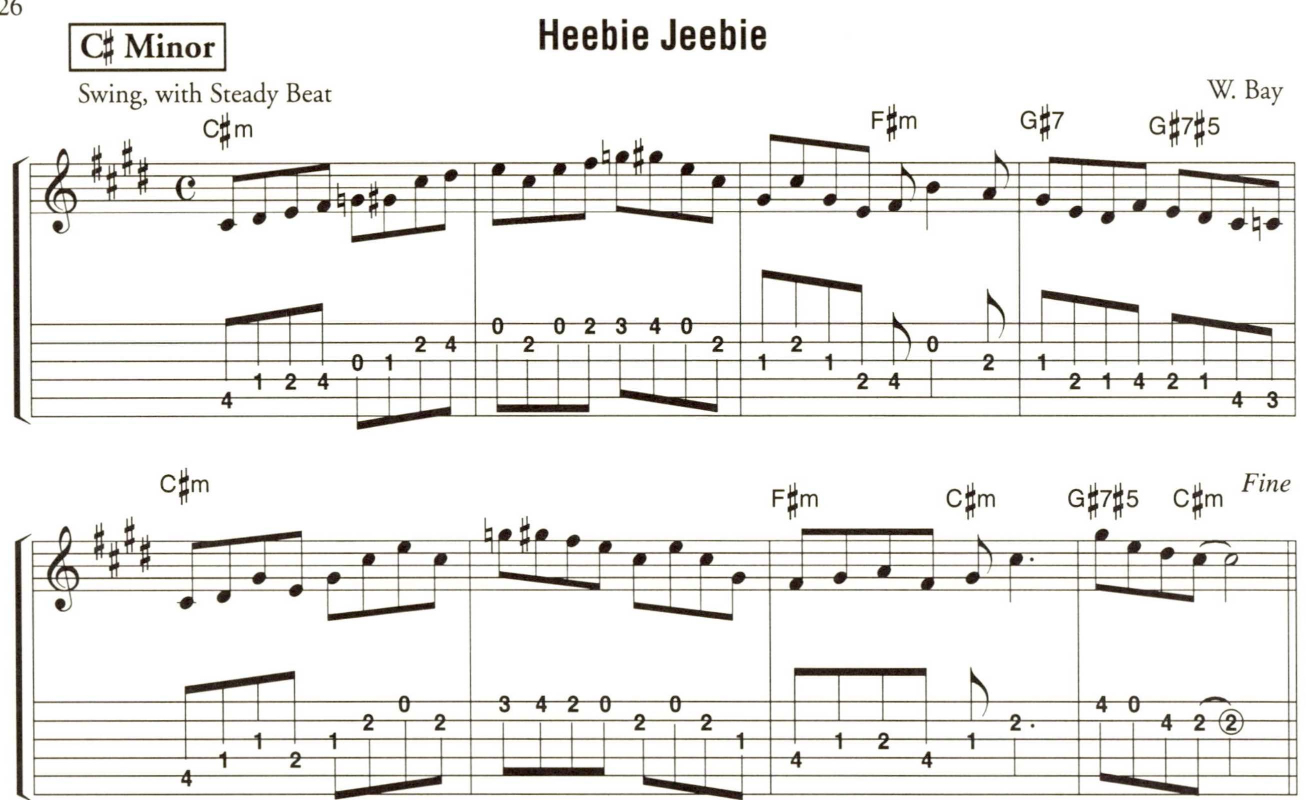
C♯ Minor
Heebie Jeebie
Swing, with Steady Beat
W. Bay
C♯m
F♯m
G♯7
G♯7♯5
C♯m
F♯m
C♯m
G♯7♯5
C♯m
Fine

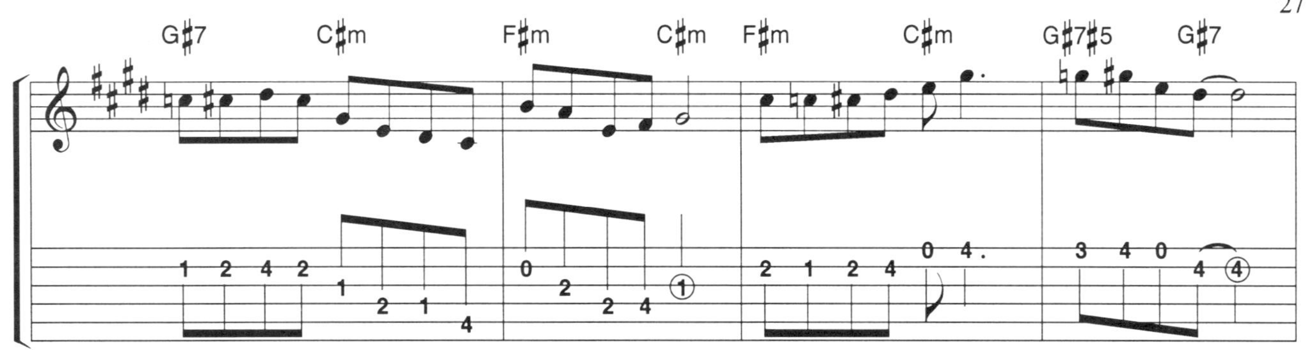

D.C. al Fine

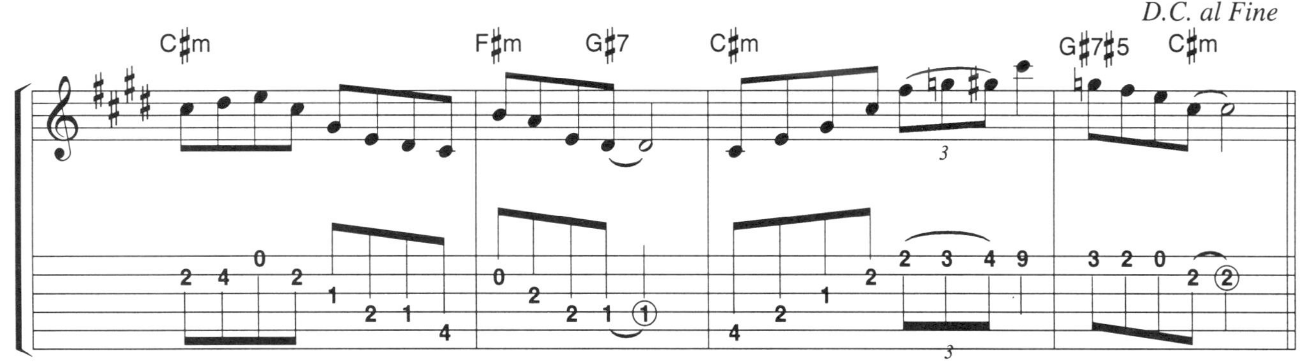

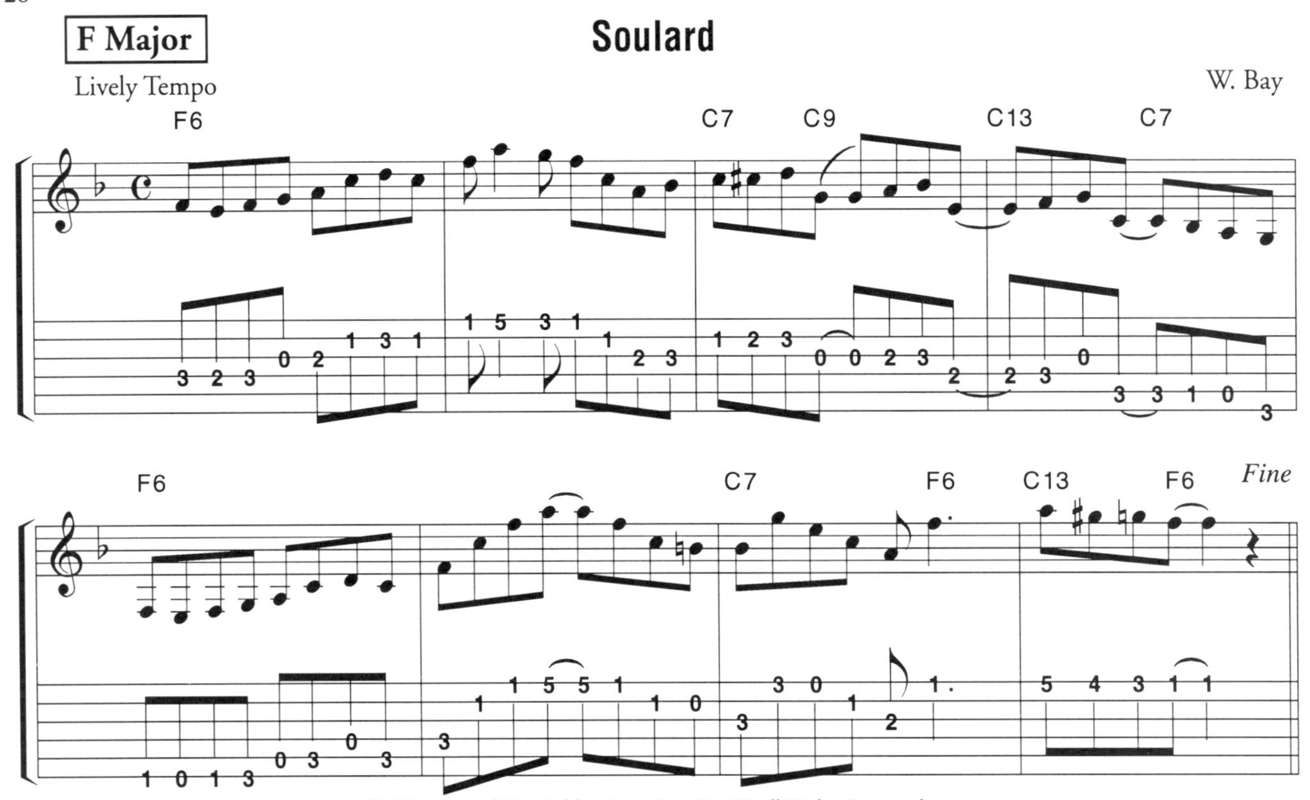
F Major
Soulard
Lively Tempo
W. Bay
F6
C7
C9
C13
C7
F6
C7
F6
C13
F6
Fine

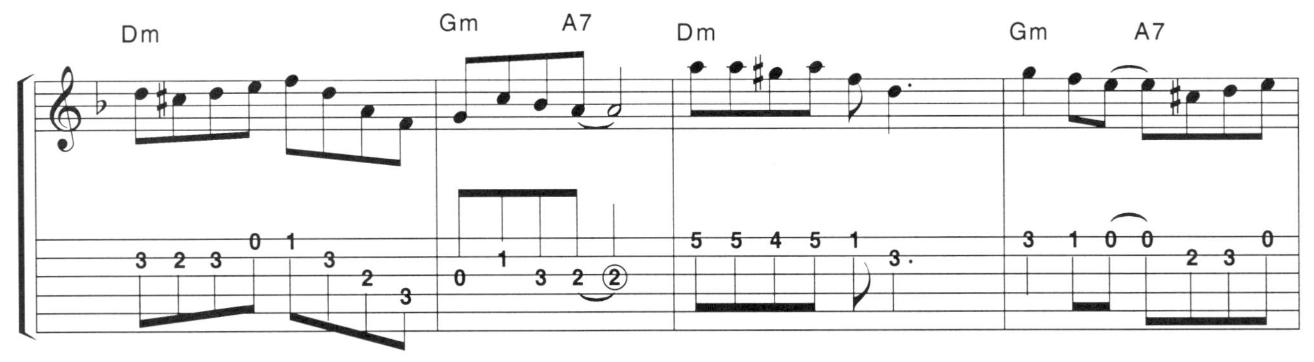
Dm
Gm
A7
Dm
Gm
A7

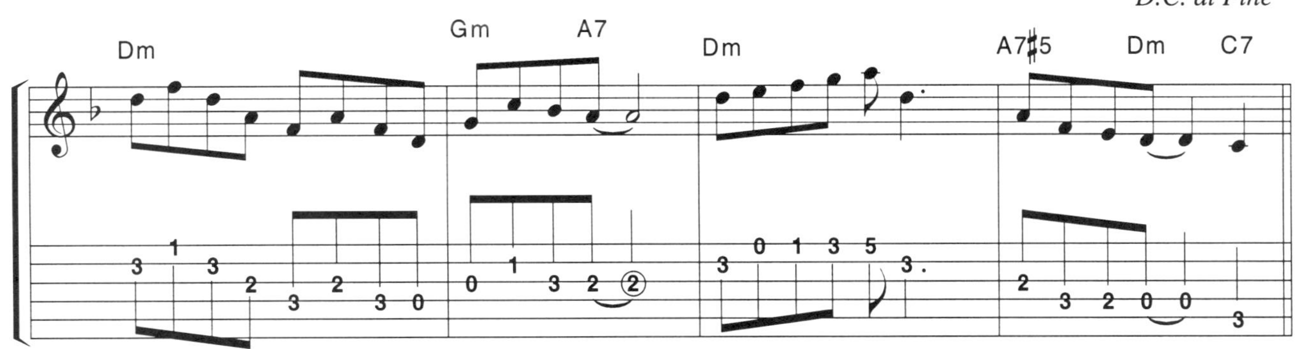
D.C. al Fine
Dm
Gm
A7
Dm
A7♯5
Dm
C7

D Minor

High Five

Swing Feeling

W. Bay

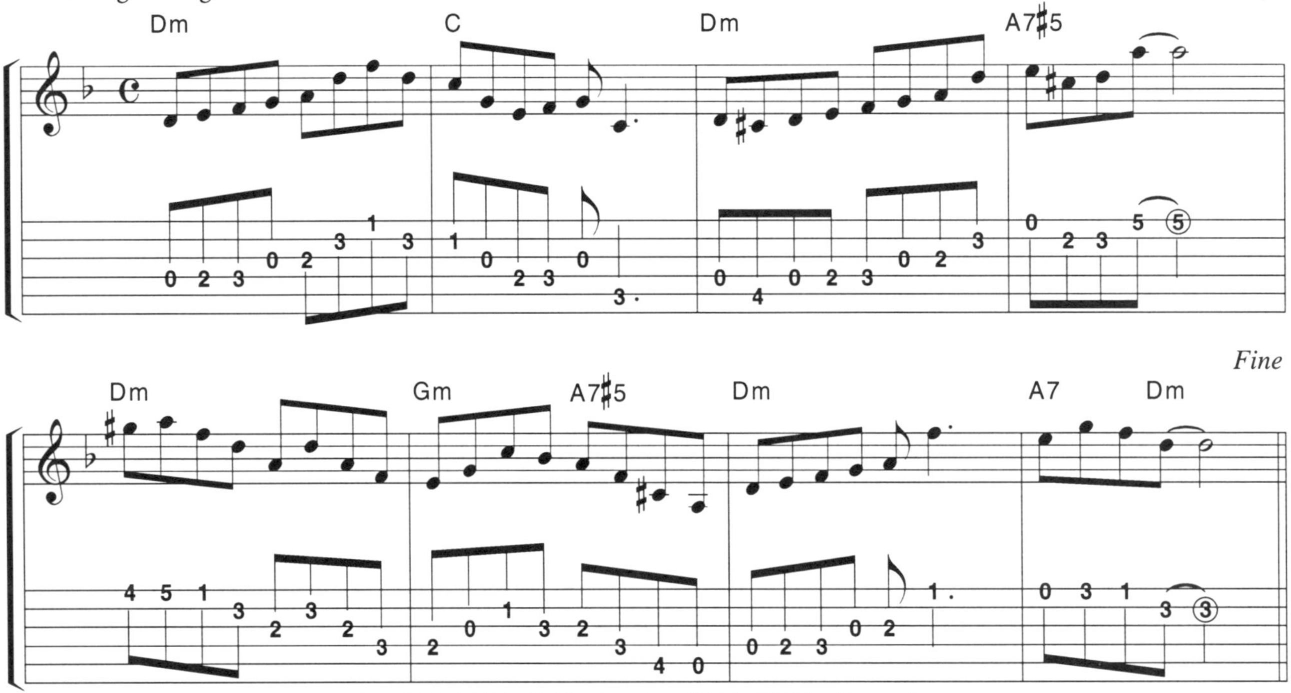

Dm C Dm A7♯5

Fine

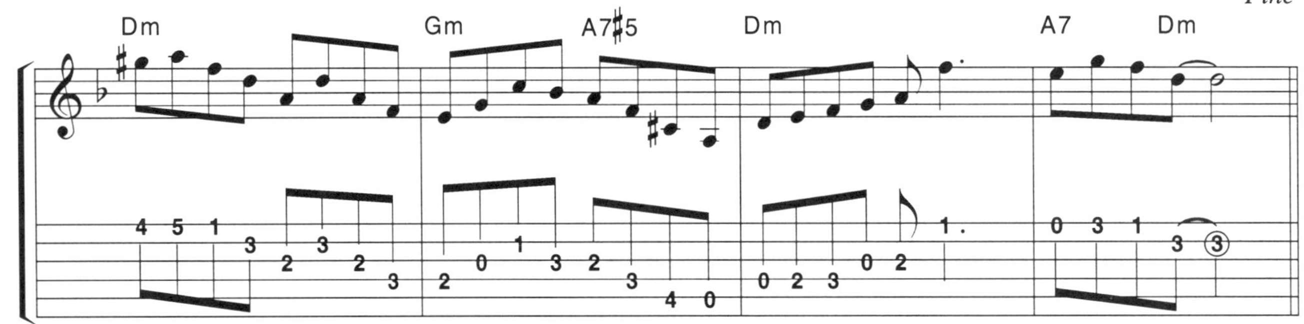

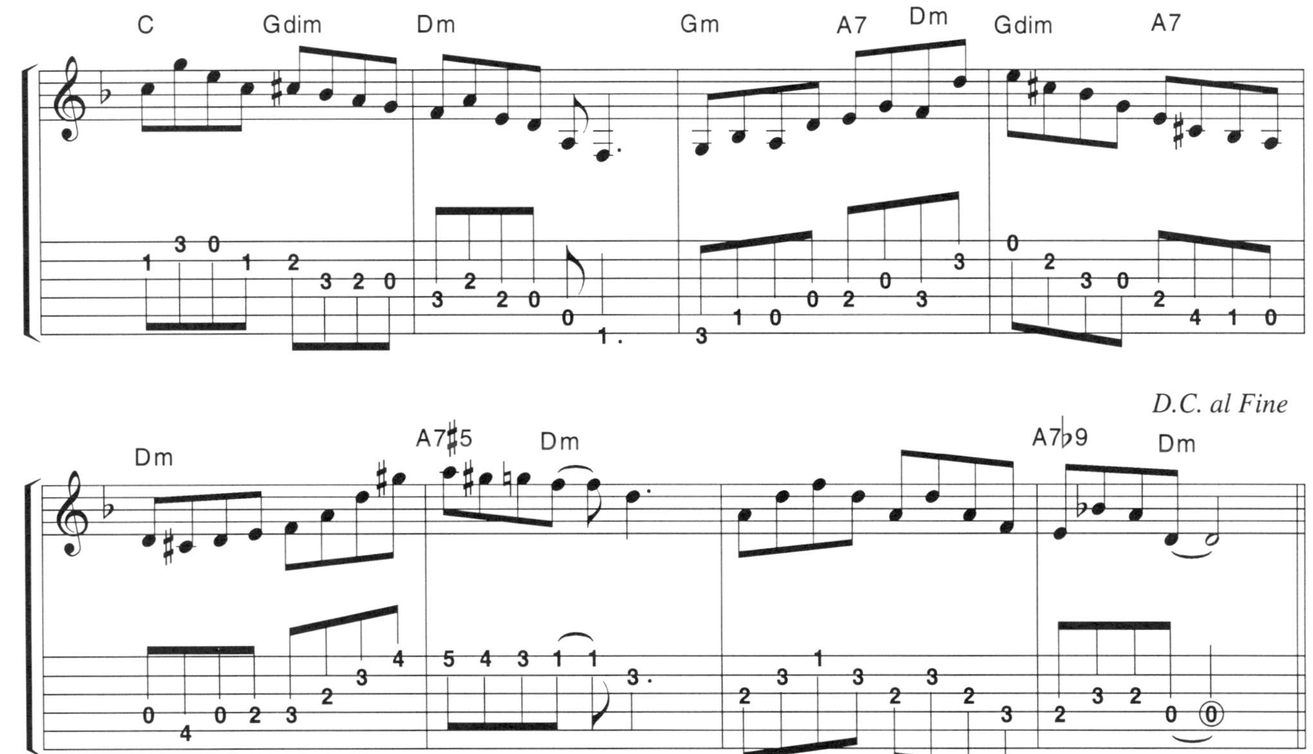
C
Gdim
Dm
Gm
A7
Dm
Gdim
A7
D.C. al Fine
Dm
A7♯5
Dm
A7♭9
Dm

Shuckin' the Corn

W. Bay

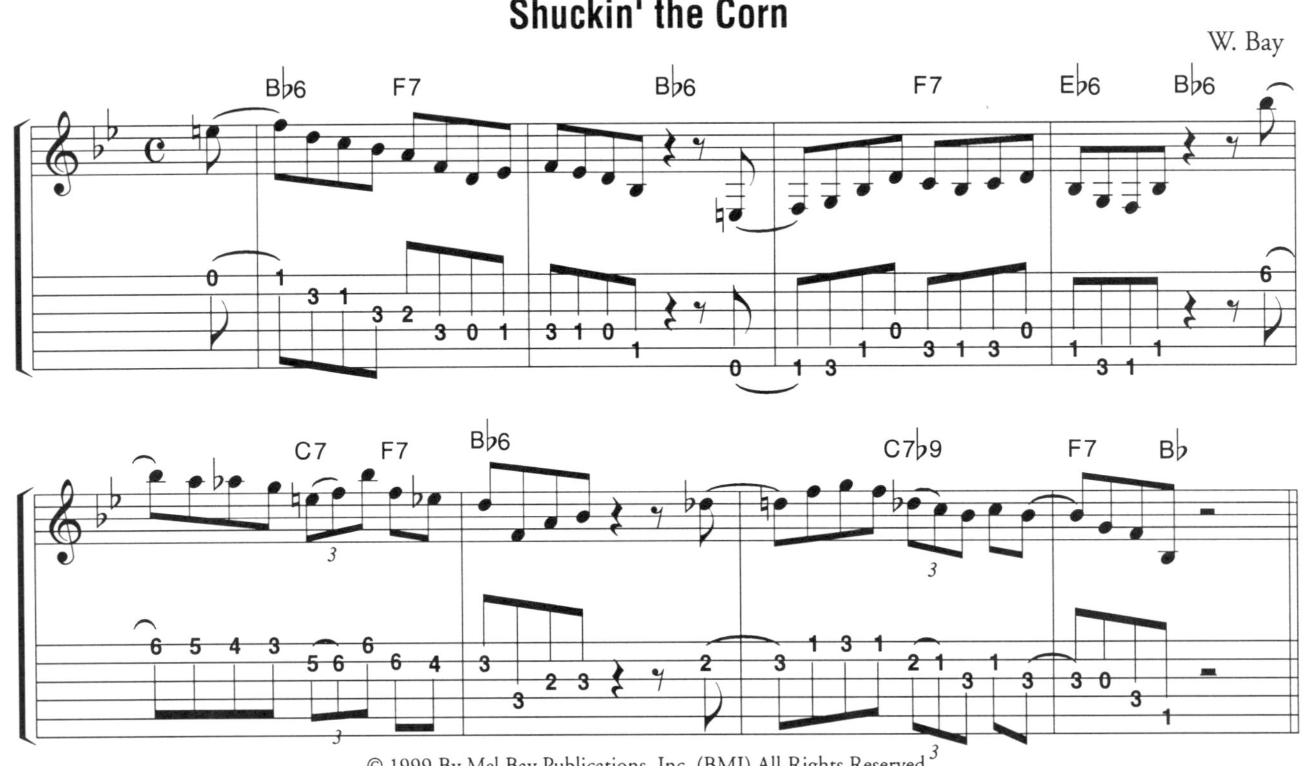

This page has been left blank to avoid awkward page turns

C Major

Copthorne Blues

W. Bay

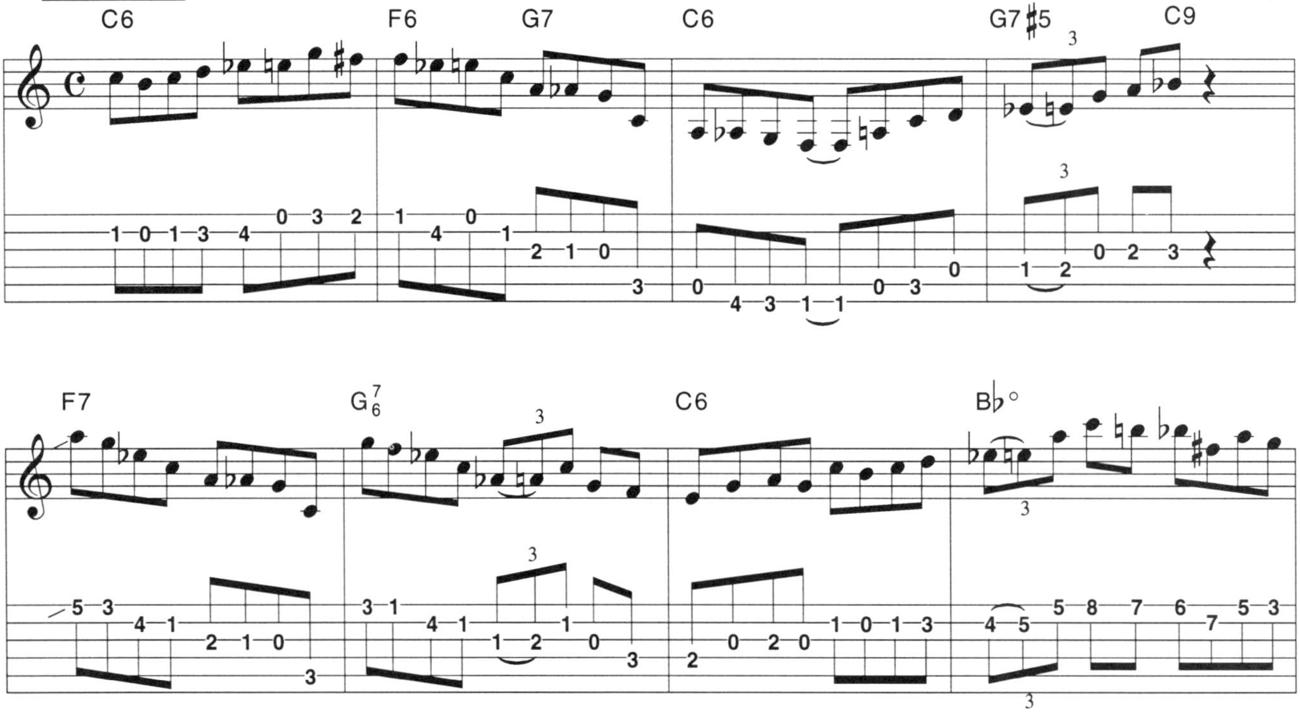

C6 F6 G7 C6 G7♯5 C9

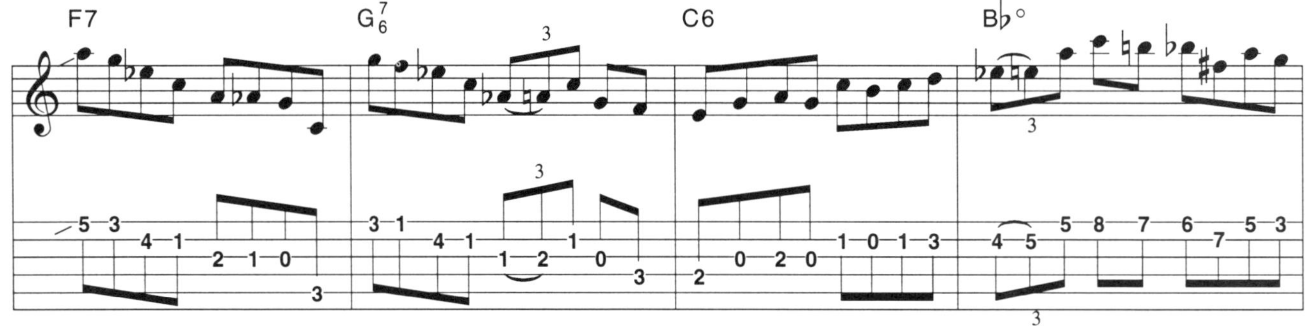

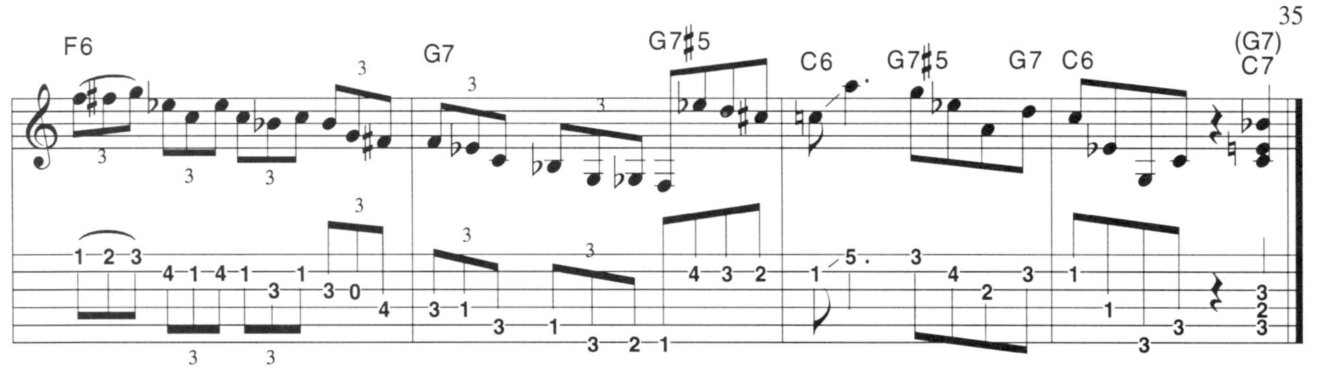

Bluesin' the Frets

W. Bay

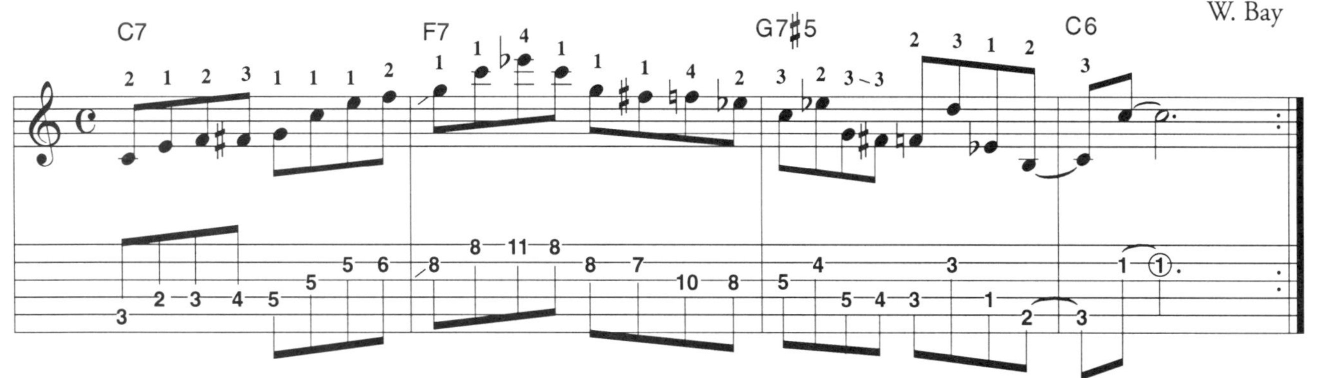

A Minor

Suffolk Stroll

W. Bay

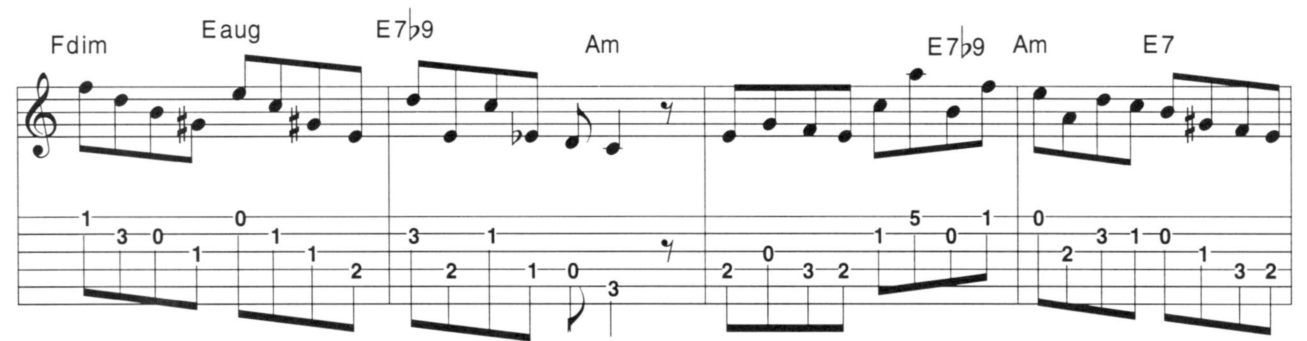

D.C. al Fine

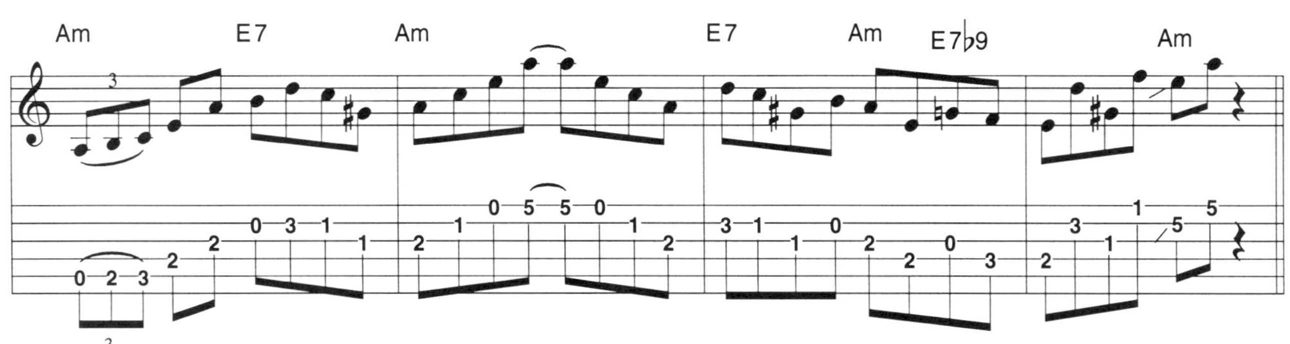

G Major

Blue Ridge Waltz

W. Bay

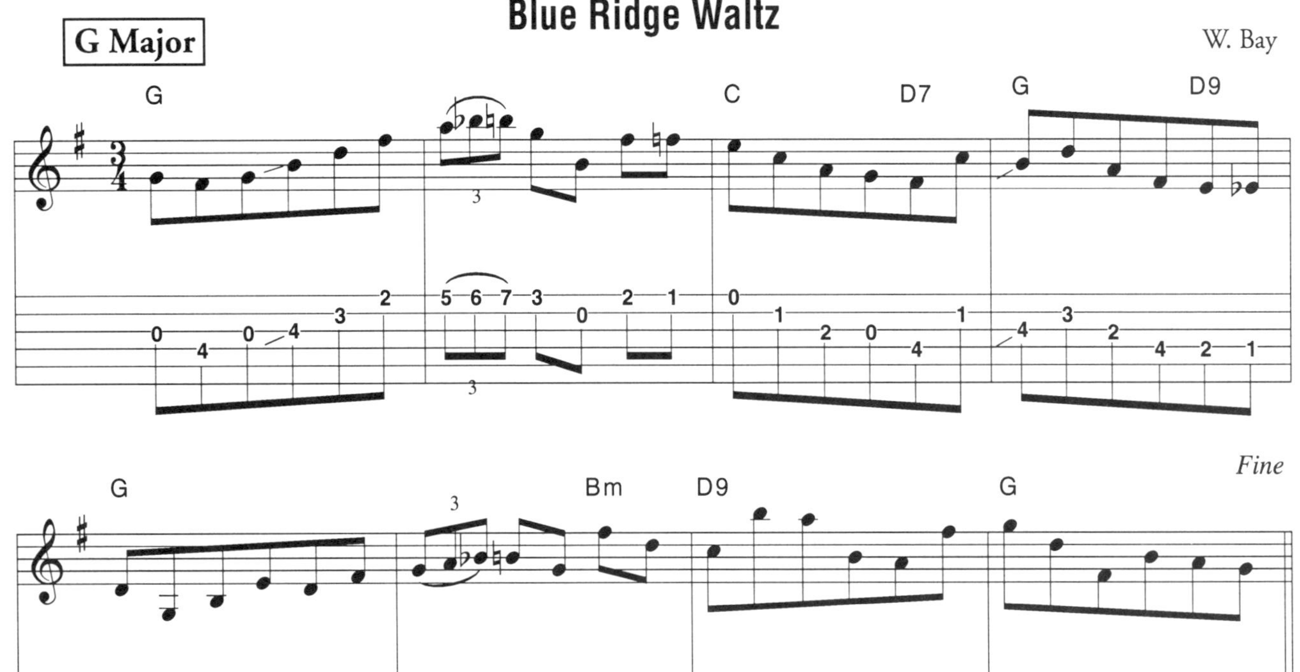

Em
B7
D.C al Fine
Em
C7
B7
Em
D7

E Minor
Territory Ahead
W. Bay
Em
B7♯9
B7
Em
B7♯9
Em
B7♯9
B7
B7♯5
Em
Fine

Em
B7
Em
Am
B7♯9
B7♭9
B7
D.C. al Fine
Em
B7♯9
B7
Am
B7
Am
B7

D Major

Swing LTD

W. Bay

Swing Feeling

D6

D7

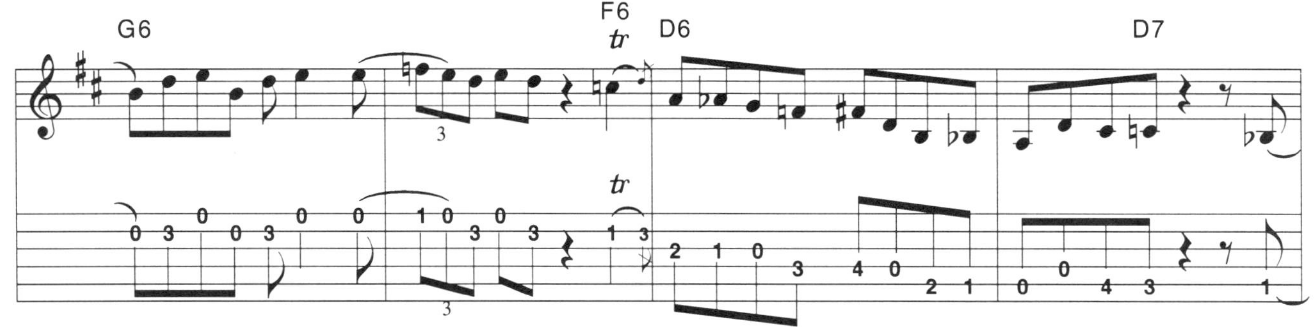

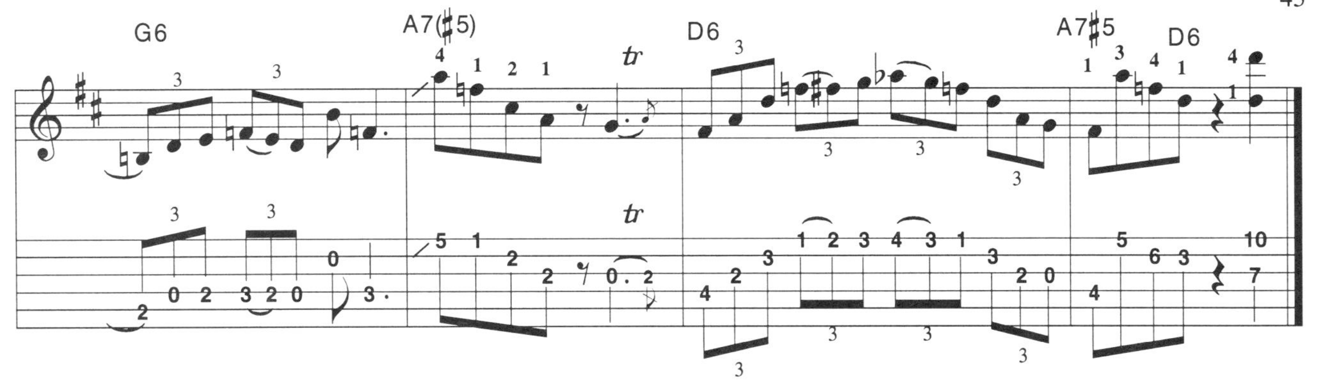

D LITE

W. Bay

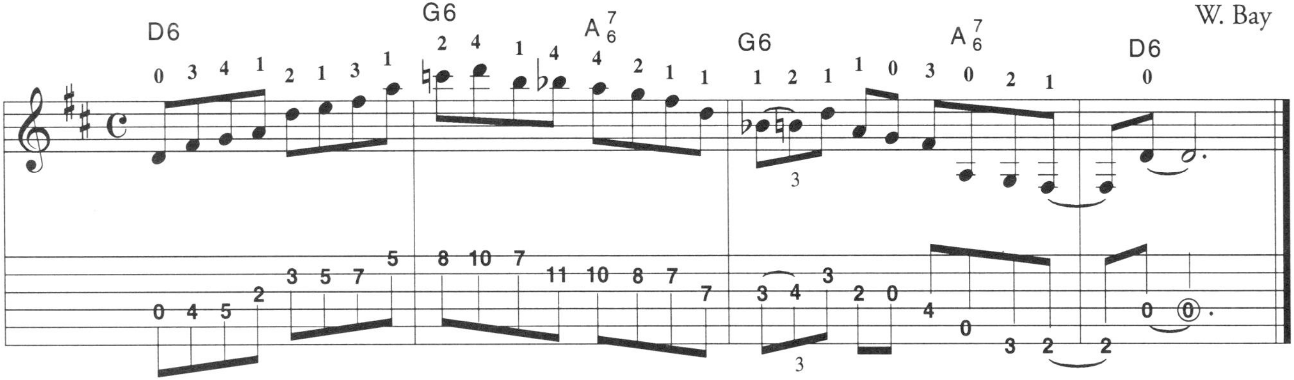

B Minor

Midnight Flight

W. Bay

Fine

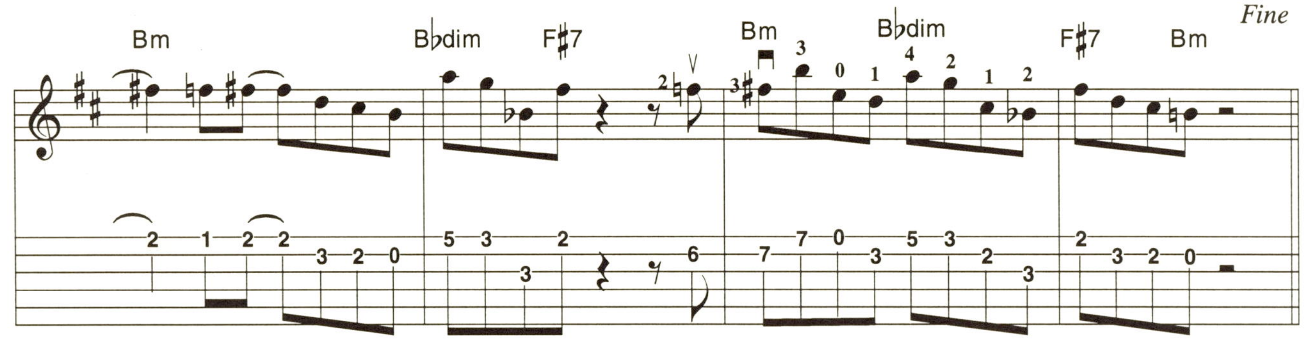

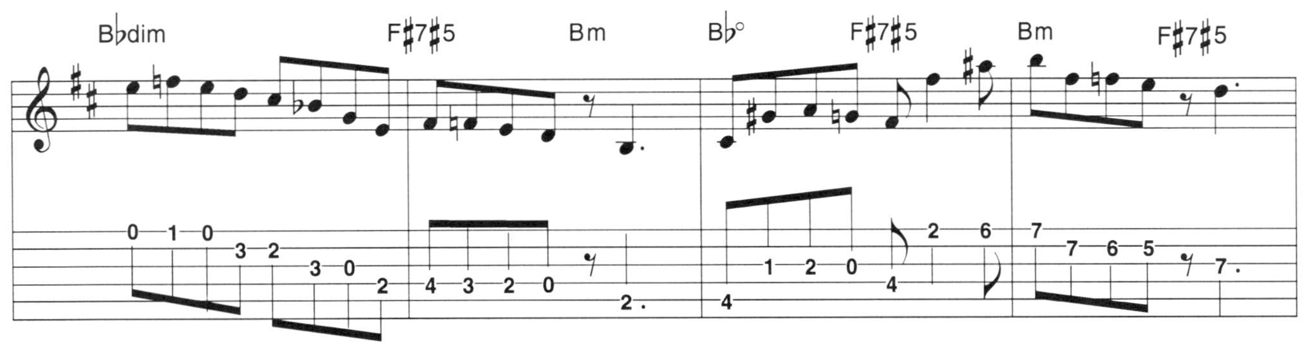

D.C. al Fine

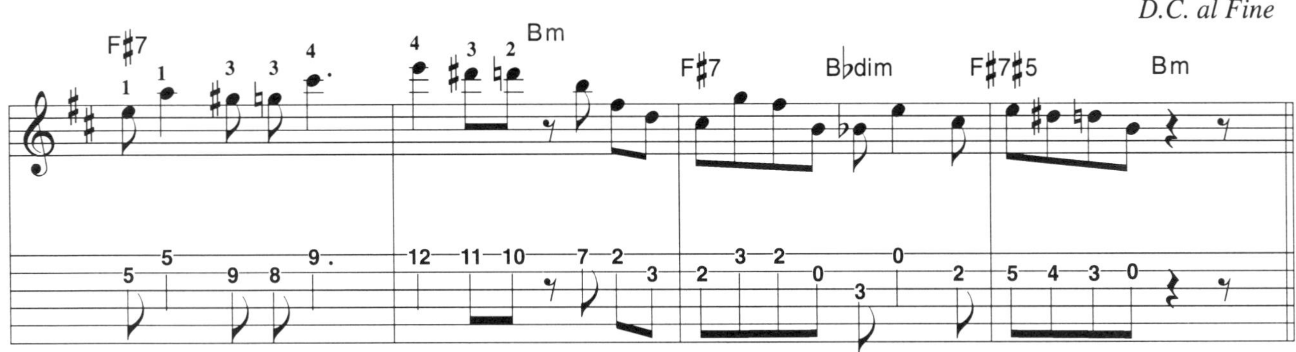

A Major

The Promenade

W. Bay

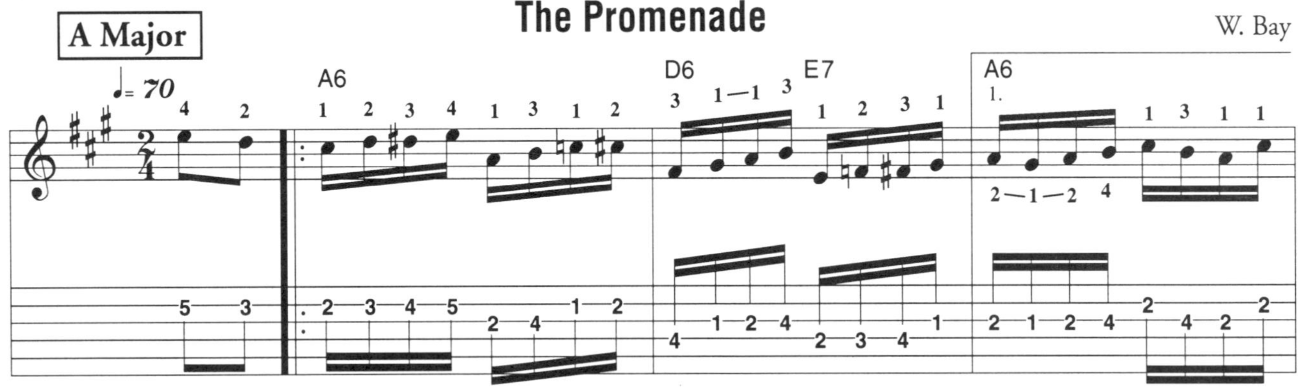

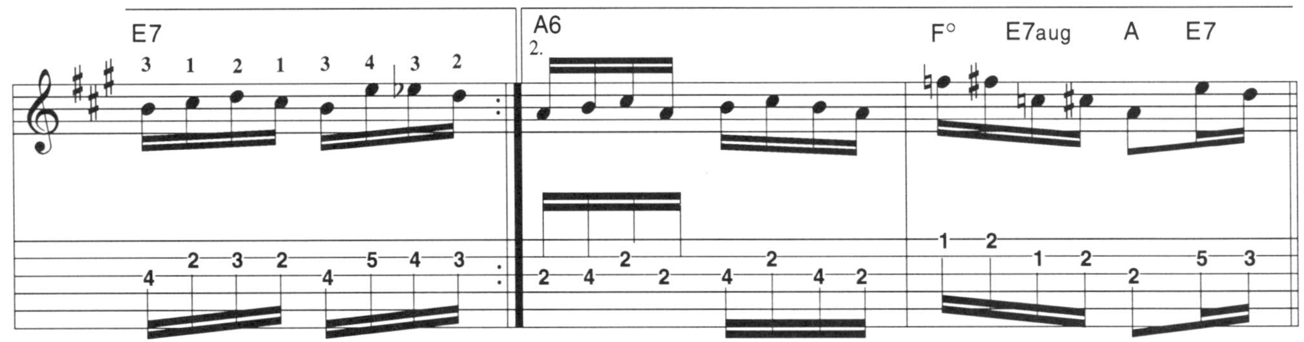

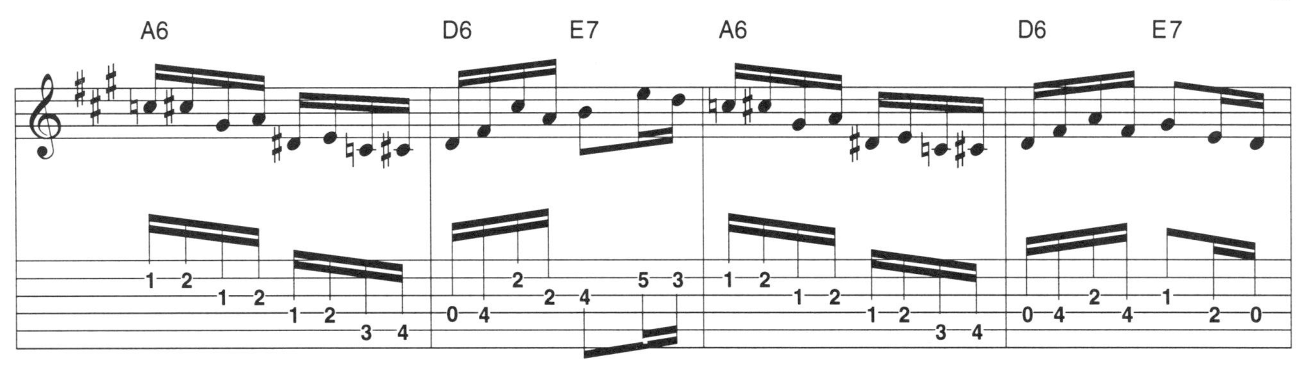
A6
D6
E7
A6
D6
E7

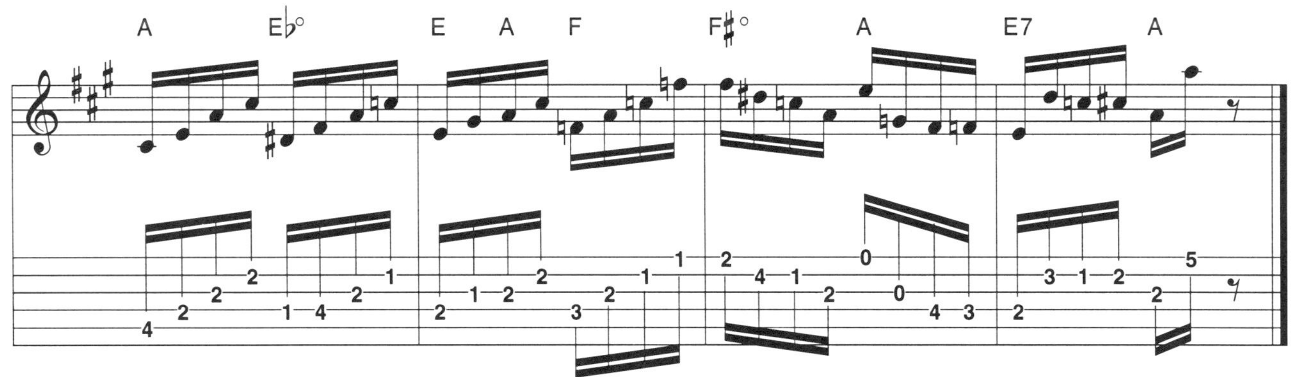
A
E♭°
E
A
F
F♯°
A
E7
A

F♯ Minor
Lost Roanoke
W. Bay
Slowly, Lyrically
F♯m
C♯7
F♯m
C♯7
F♯m
C♯7
F♯m

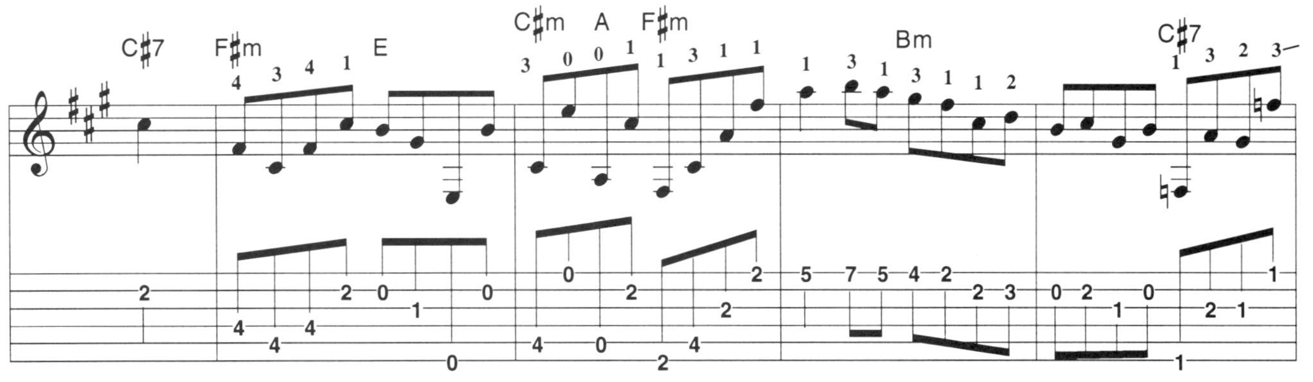
C♯7
F♯m
E
C♯m
A
F♯m
Bm
C♯7

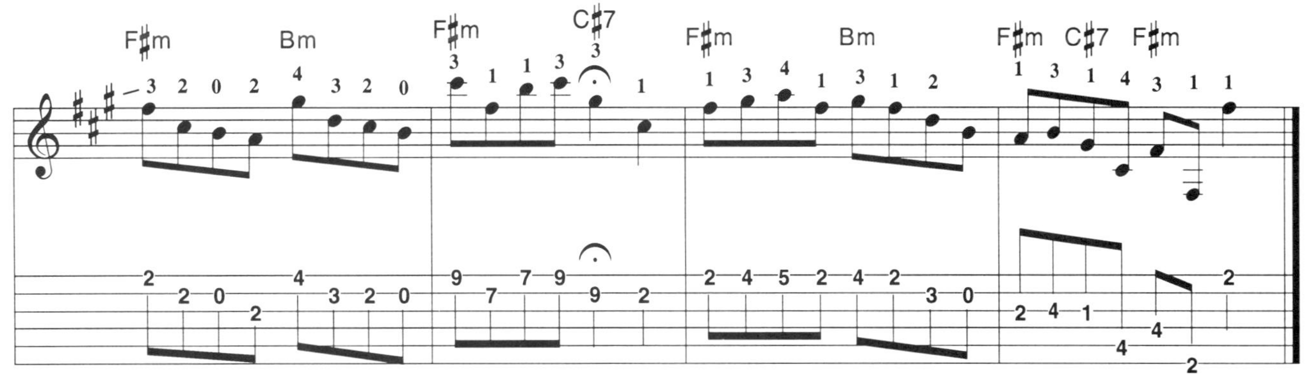
F♯m
Bm
F♯m
C♯7
F♯m
Bm
F♯m
C♯7
F♯m

E Major

Collin's Quest

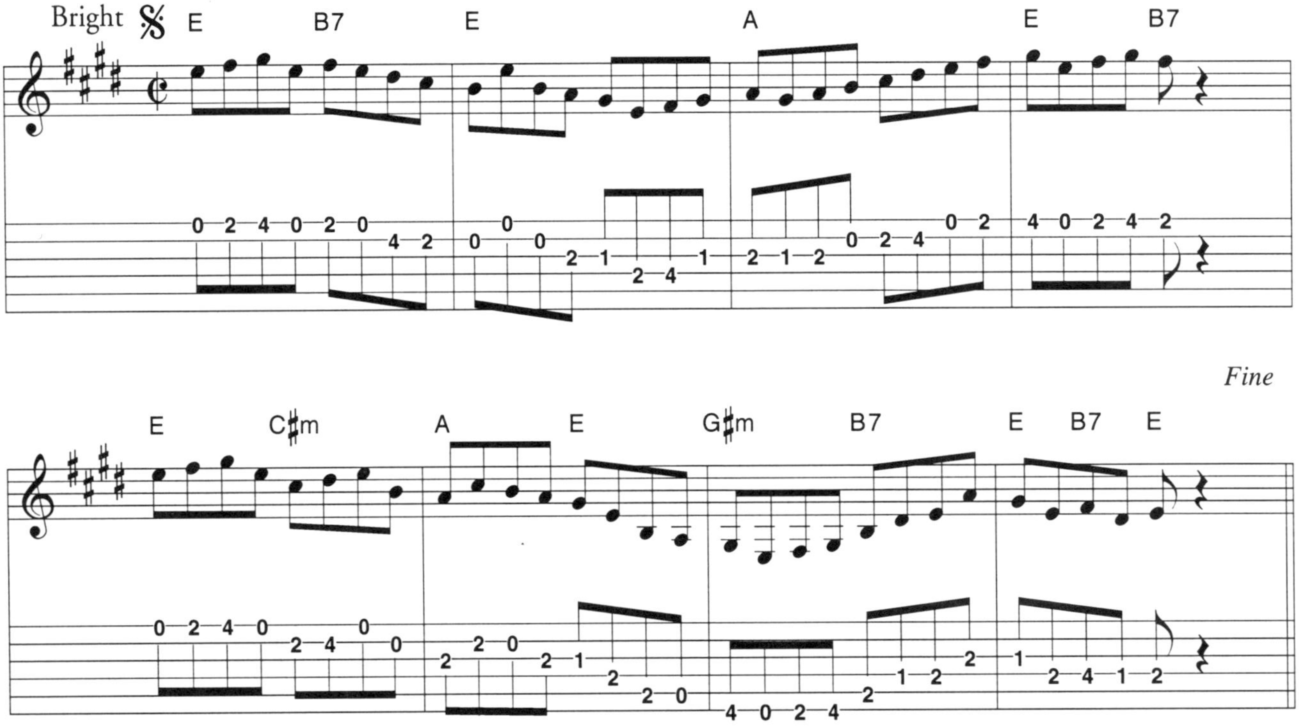

W. Bay

Bright

E B7 E A E B7

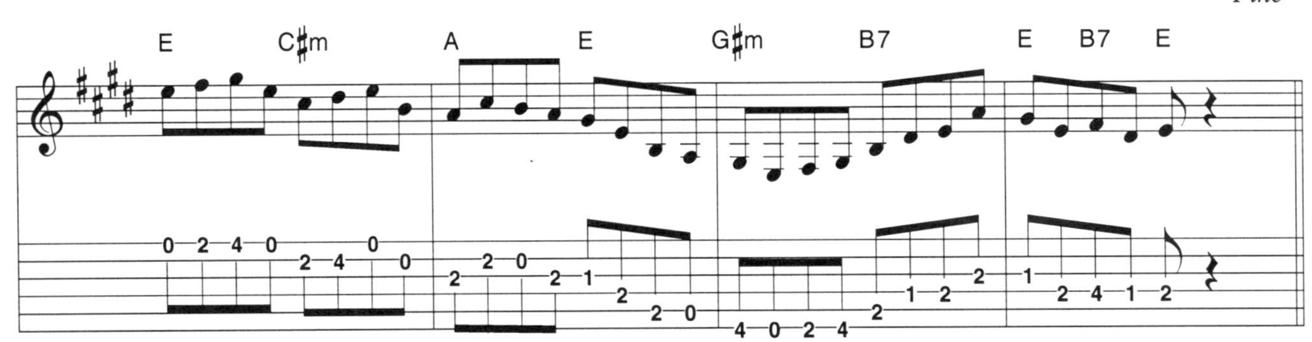

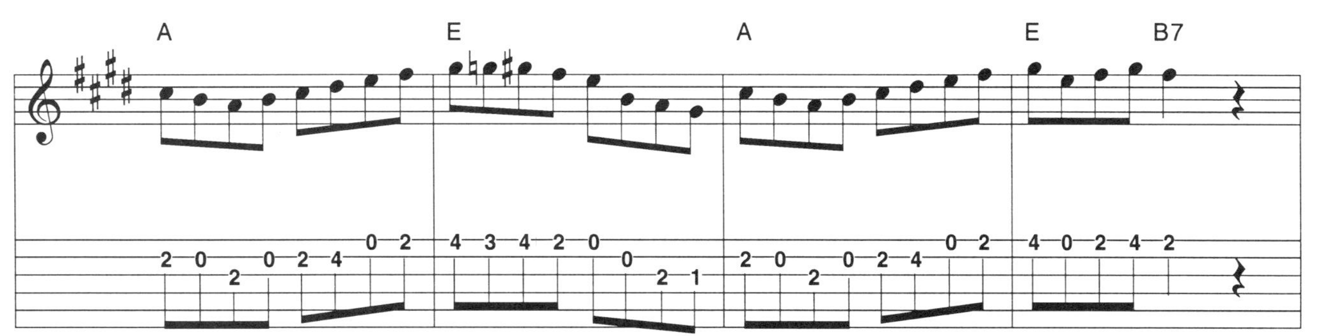
A
E
A
E
B7

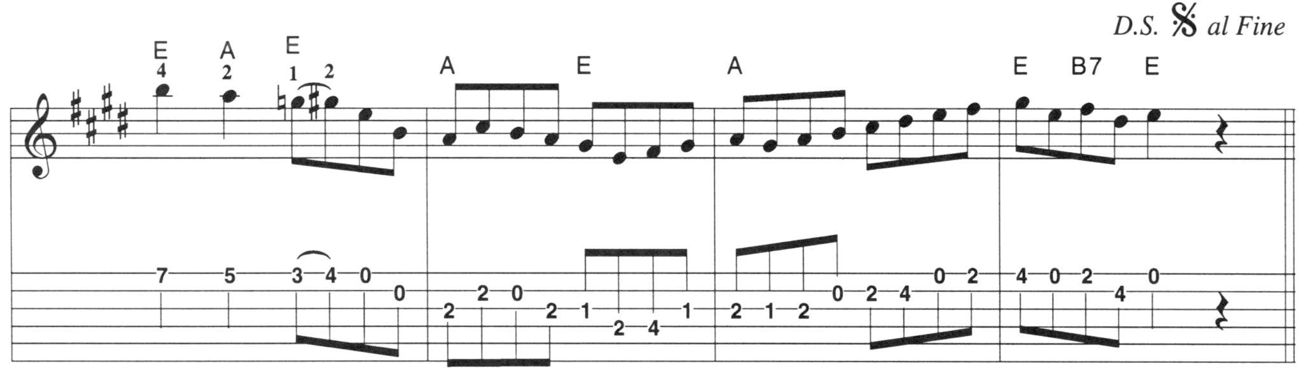
D.S. 𝄋 al Fine
E
A
E
A
E
A
E
B7
E

C♯ Minor

Obadiah Johnson

W. Bay

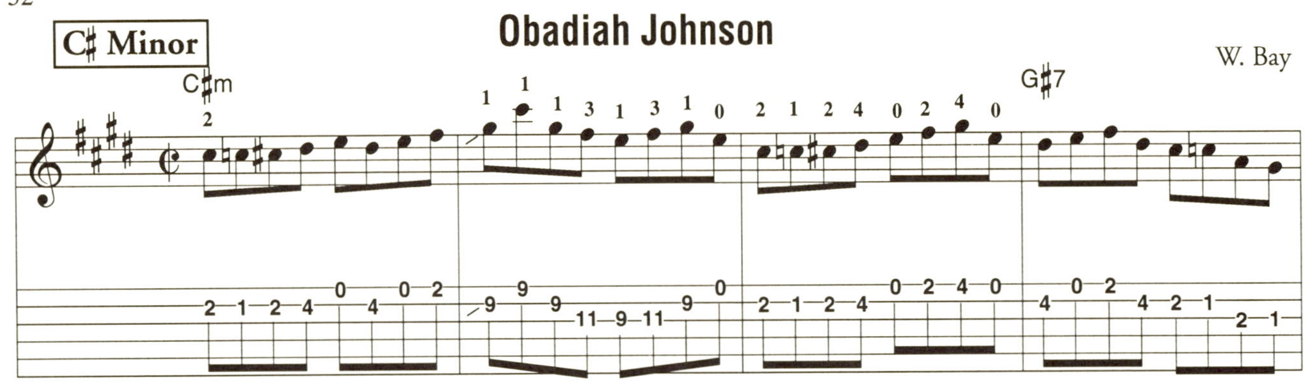

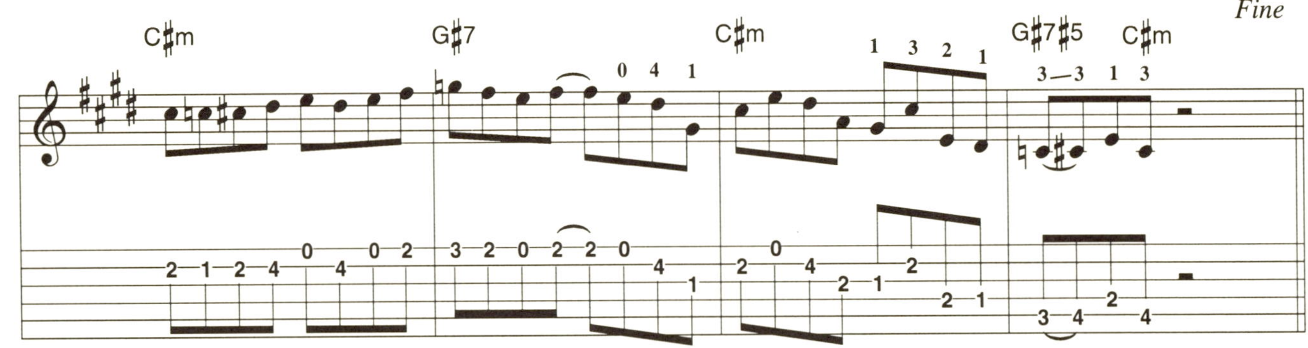

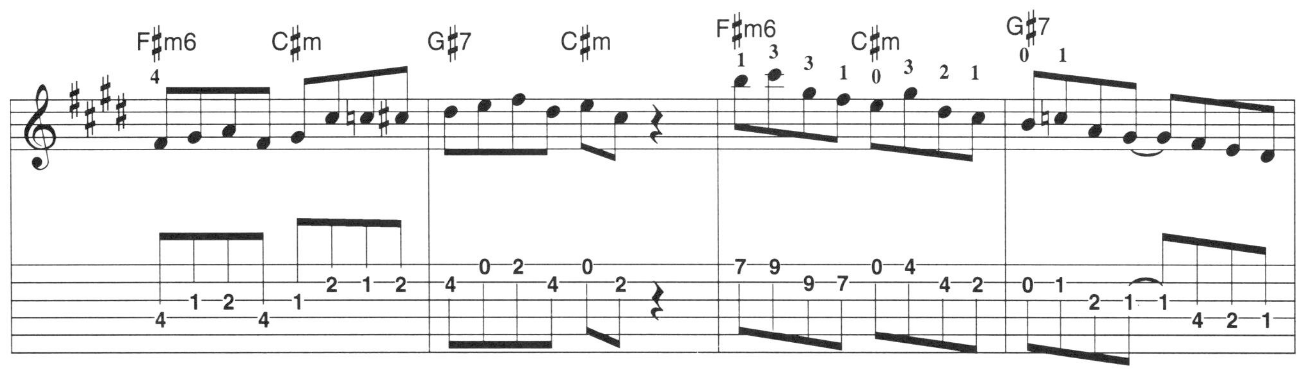

D.C. al Fine

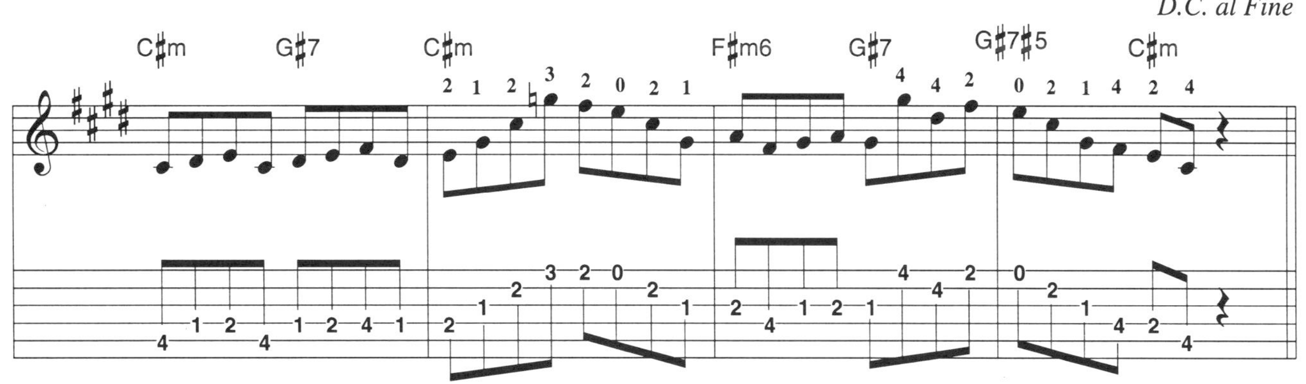

F Major

Silverheel's Shuffle

W. Bay

Allegro
F6
B♭6
F6
C7
F6
B♭6
F6
C7
F
Fine

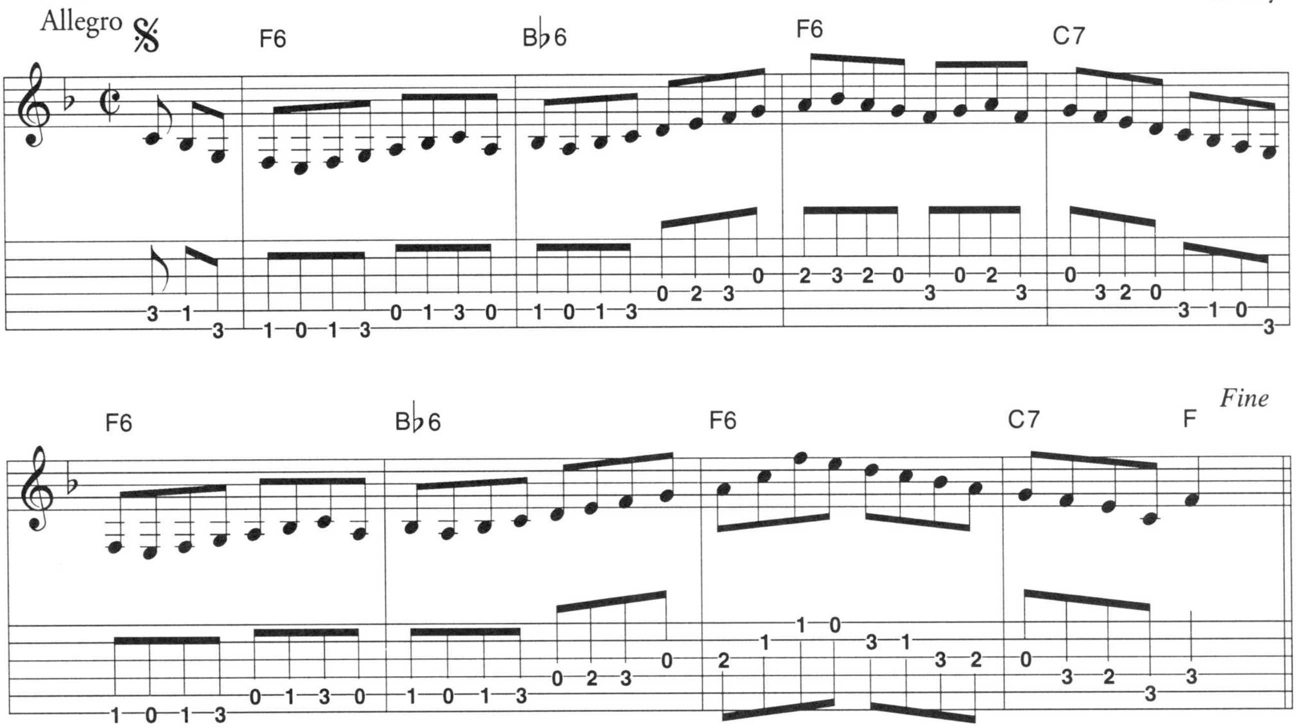

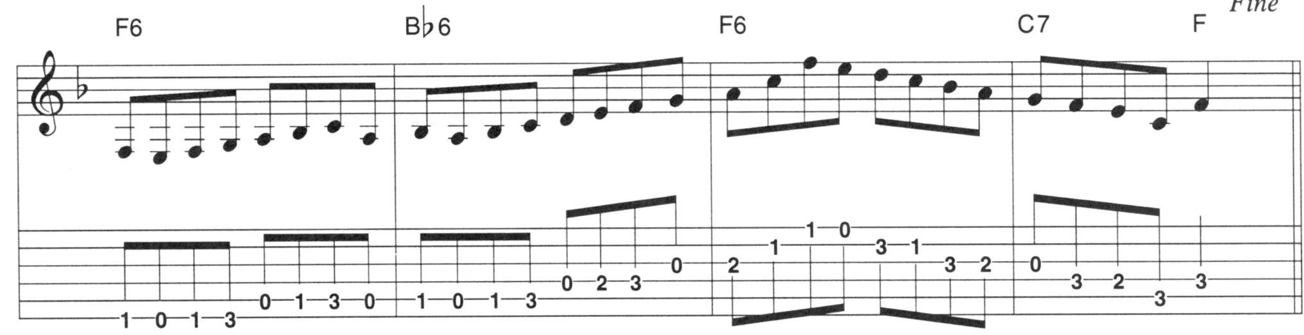

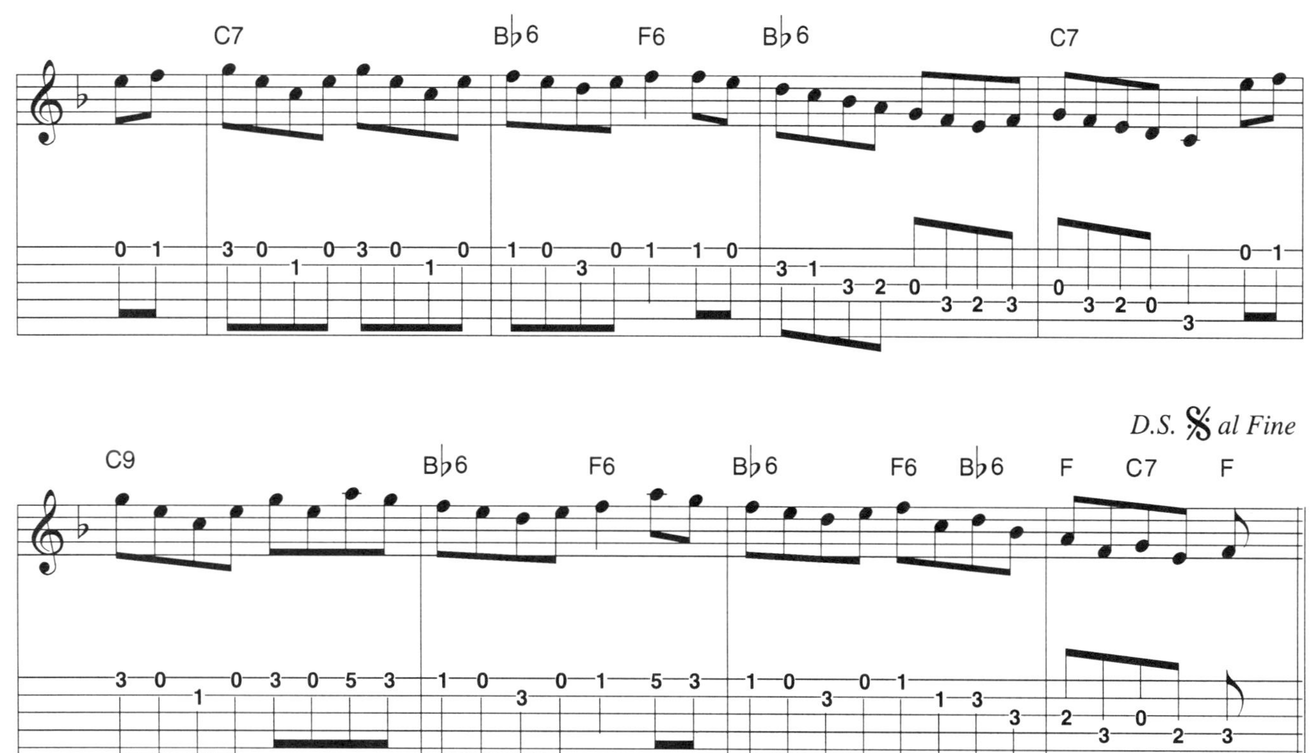
C7
B♭6
F6
B♭6
C7
D.S. 𝄋 al Fine
C9
B♭6
F6
B♭6
F6
B♭6
F
C7
F

D Minor
Sundance
W. Bay
Dm
Gdim
A7
Dm
A7
Dm
A7♯5
Dm
A7
Fine
Dm

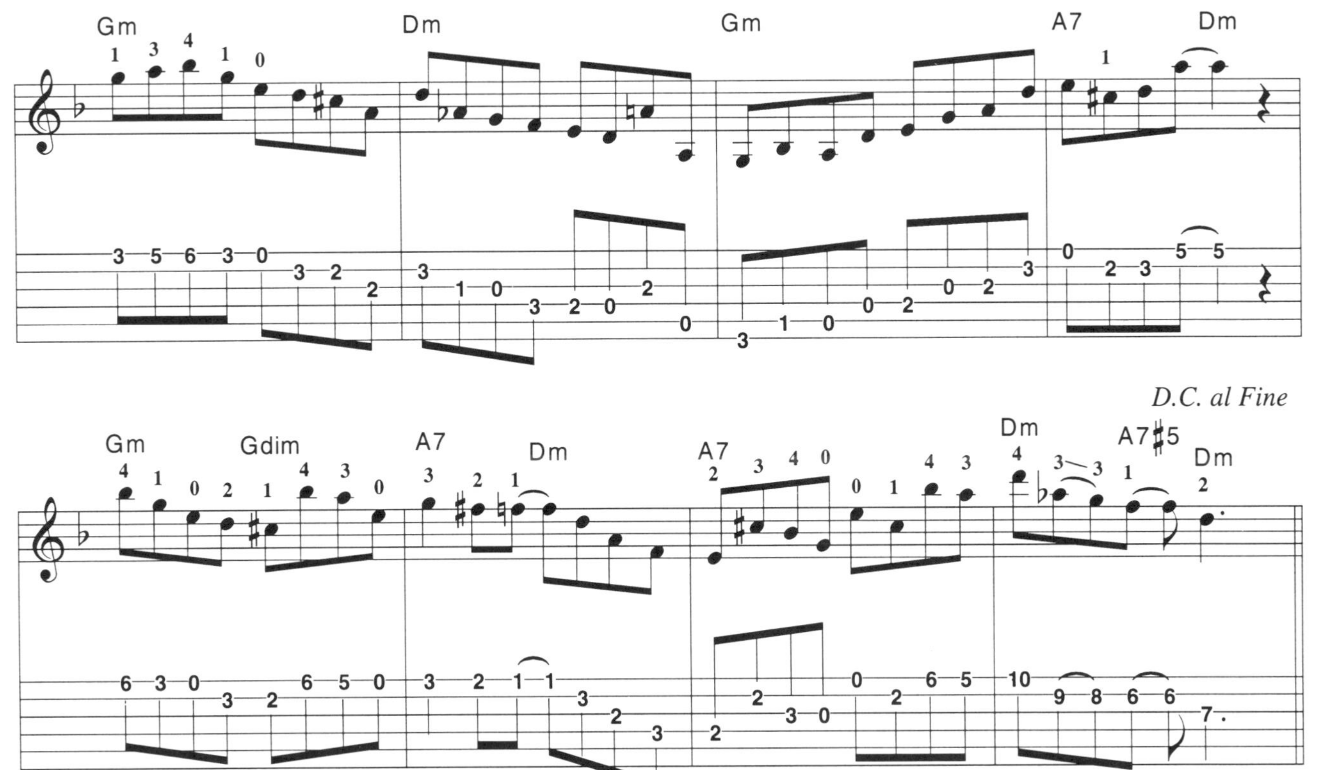
Gm
Dm
Gm
A7
Dm
D.C. al Fine
Gm
Gdim
A7
Dm
A7
Dm
A7♯5
Dm

Bumpin'

W. Bay

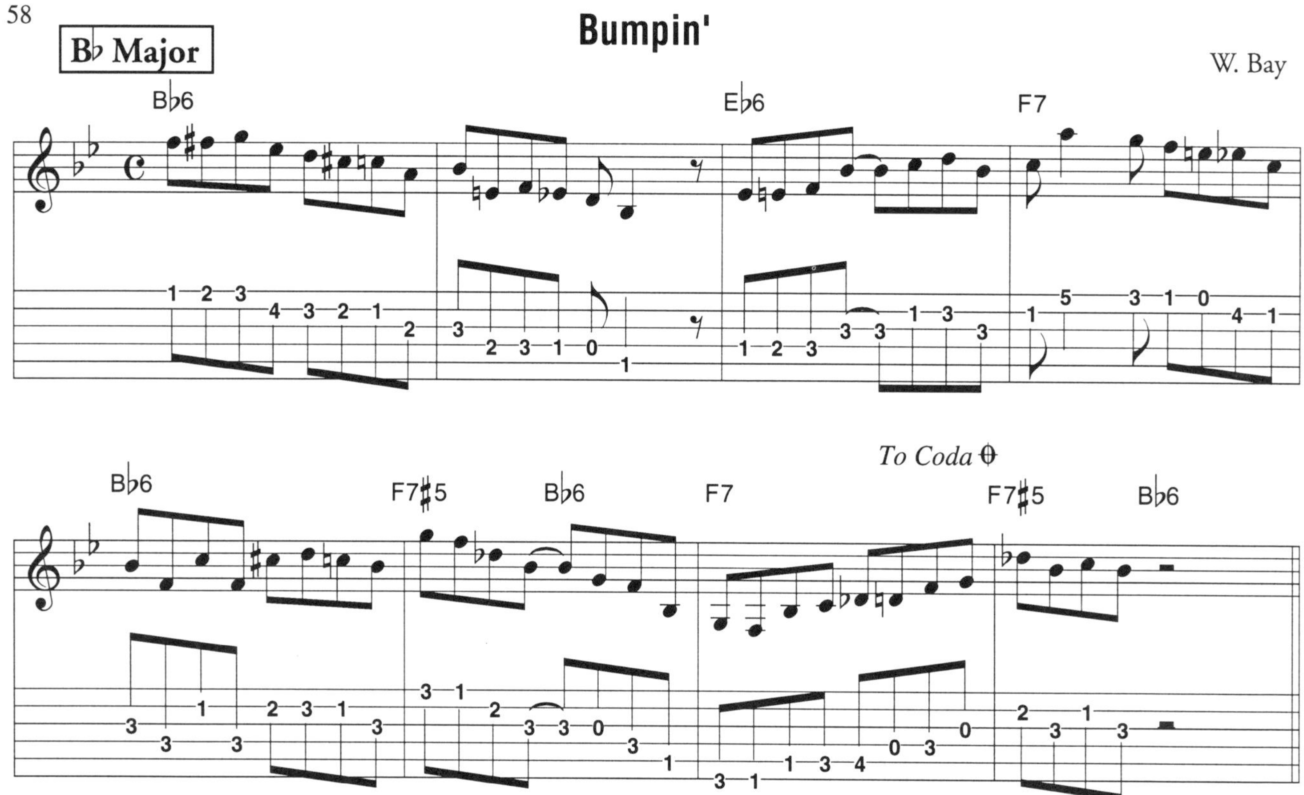

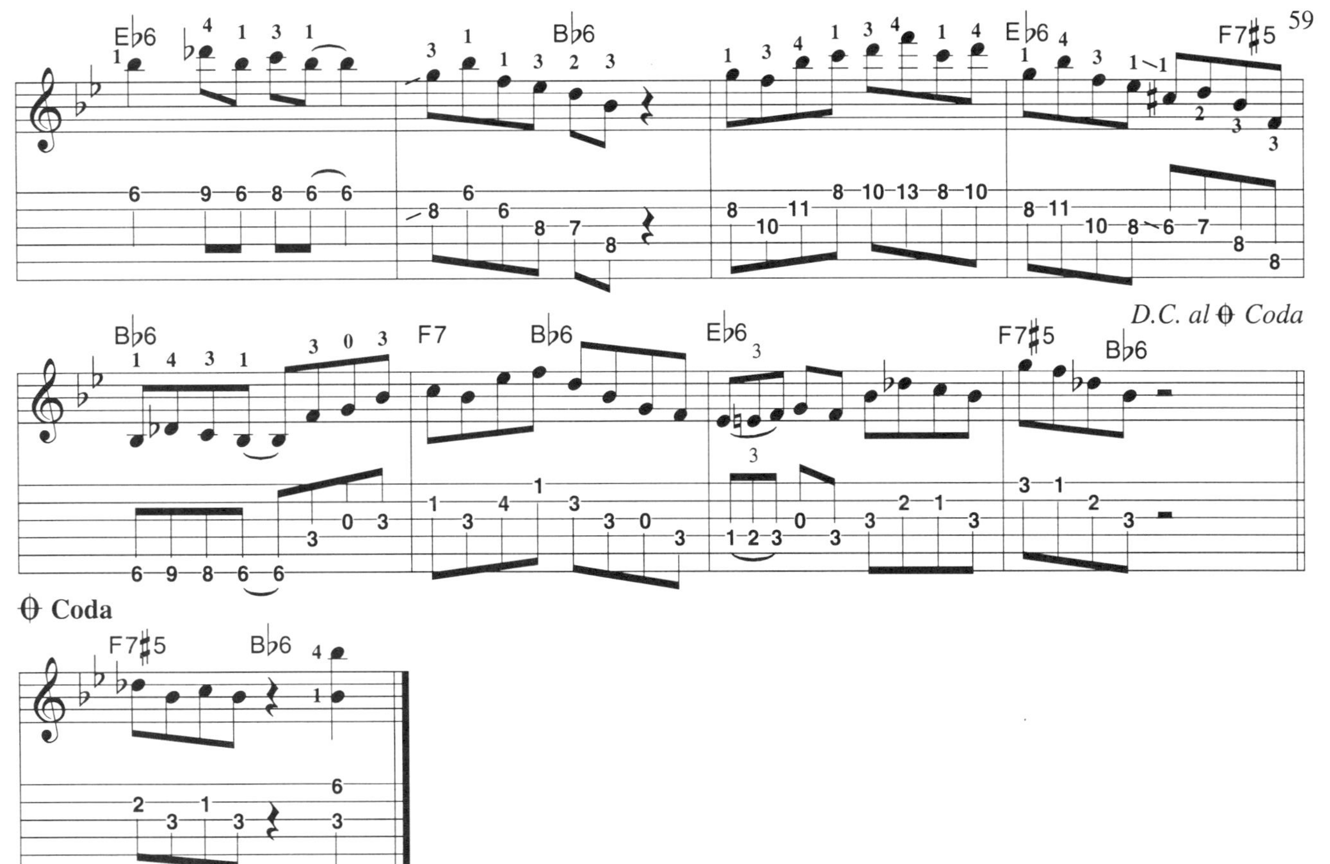
E♭6
B♭6
E♭6
F7♯5
B♭6
F7
B♭6
E♭6
F7♯5
B♭6
D.C. al Coda
Coda
F7♯5
B♭6

Bacon in the Skillet

G Minor

W. Bay

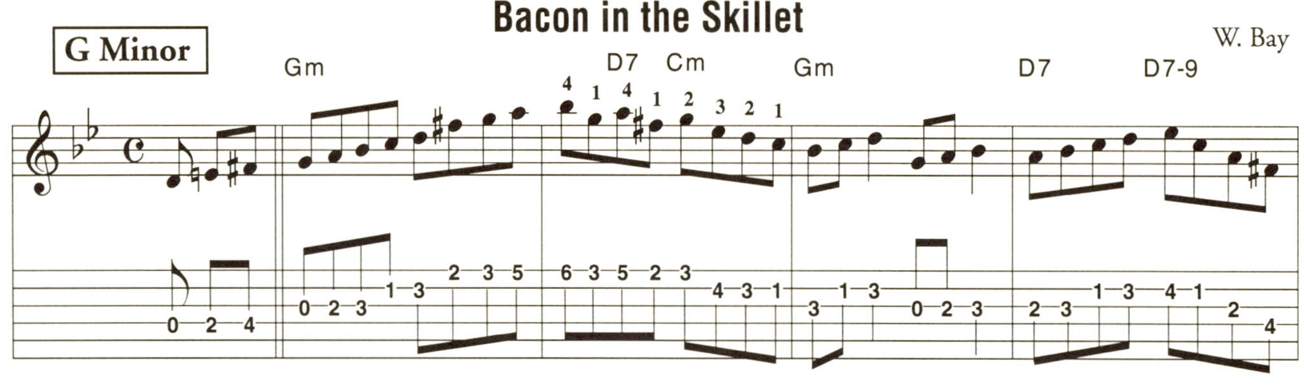

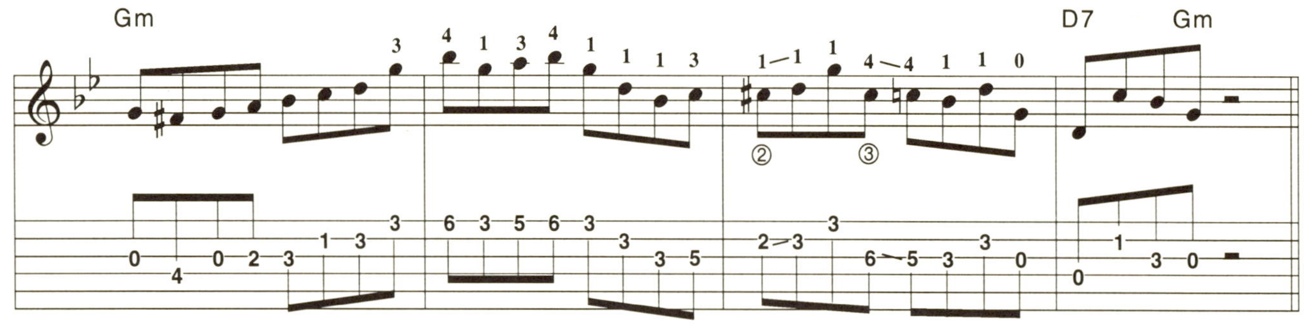

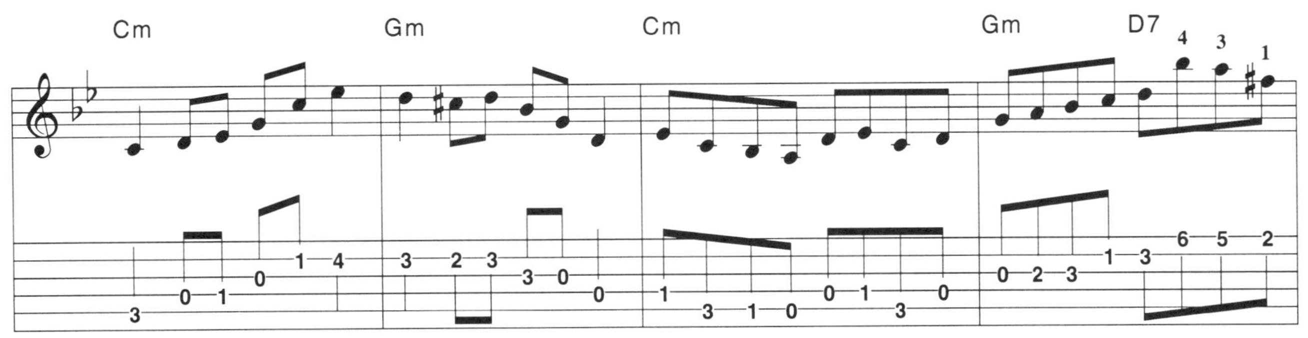
Cm
Gm
Cm
Gm
D7

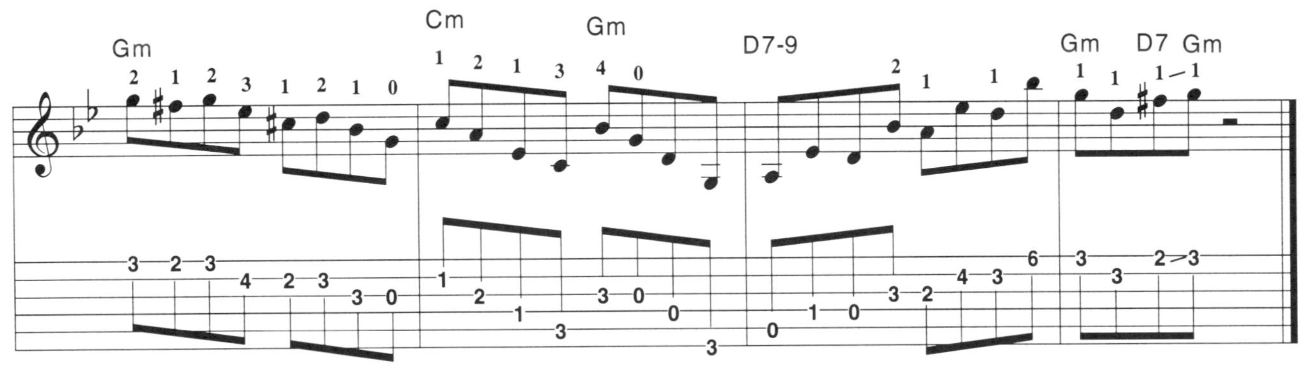
Gm
Cm
Gm
D7-9
Gm
D7
Gm

E♭ Major

The Broken Marionette

W. Bay

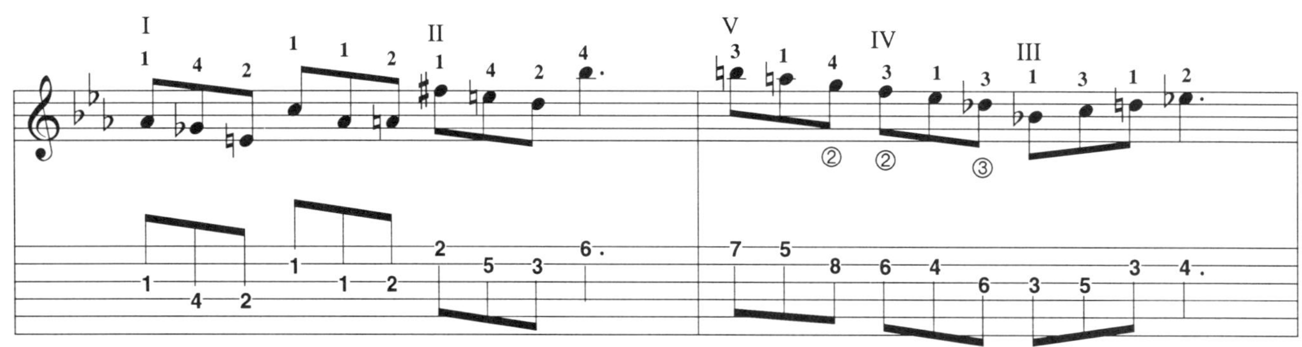

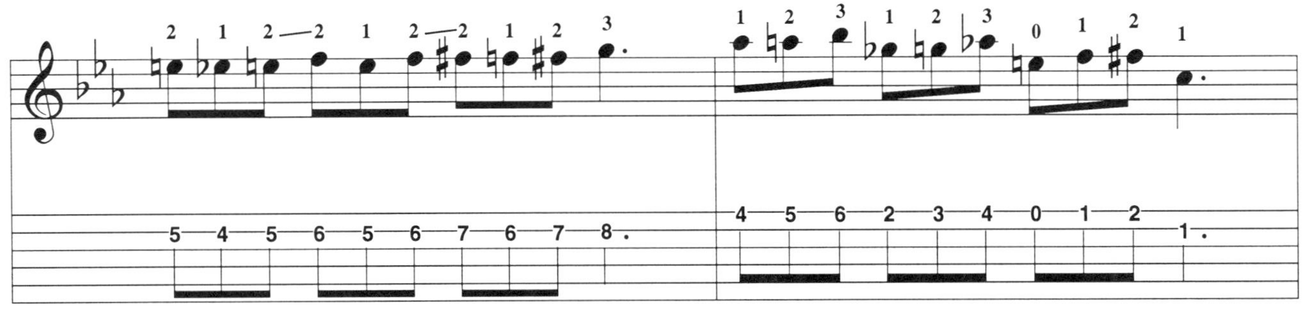
2
1
2
2
1
2
2
1
2
3
1
2
3
1
2
3
0
1
2
1
5
4
5
6
5
6
7
6
7
8.
4
5
6
2
3
4
0
1
2
1.

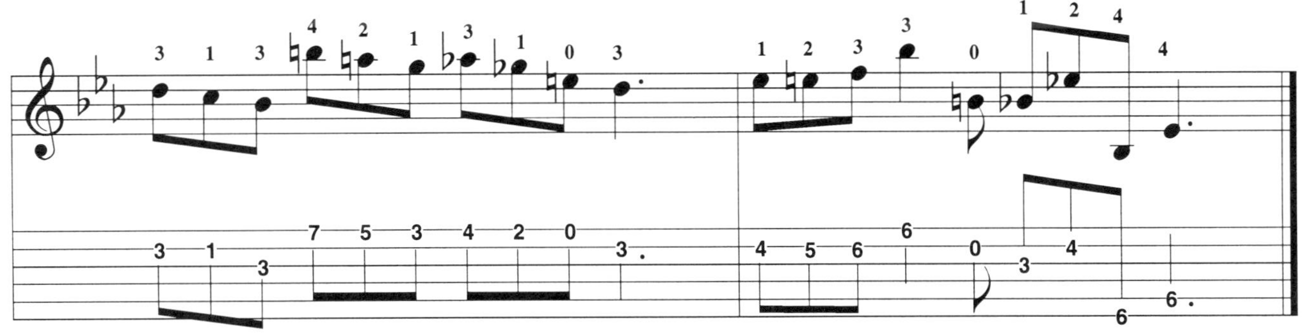
3
1
3
4
2
1
3
1
0
3
1
2
3
3
0
1
2
4
4
3
1
7
5
3
4
2
0
3.
4
5
6
6
0
3
4
6
6.

Molambe

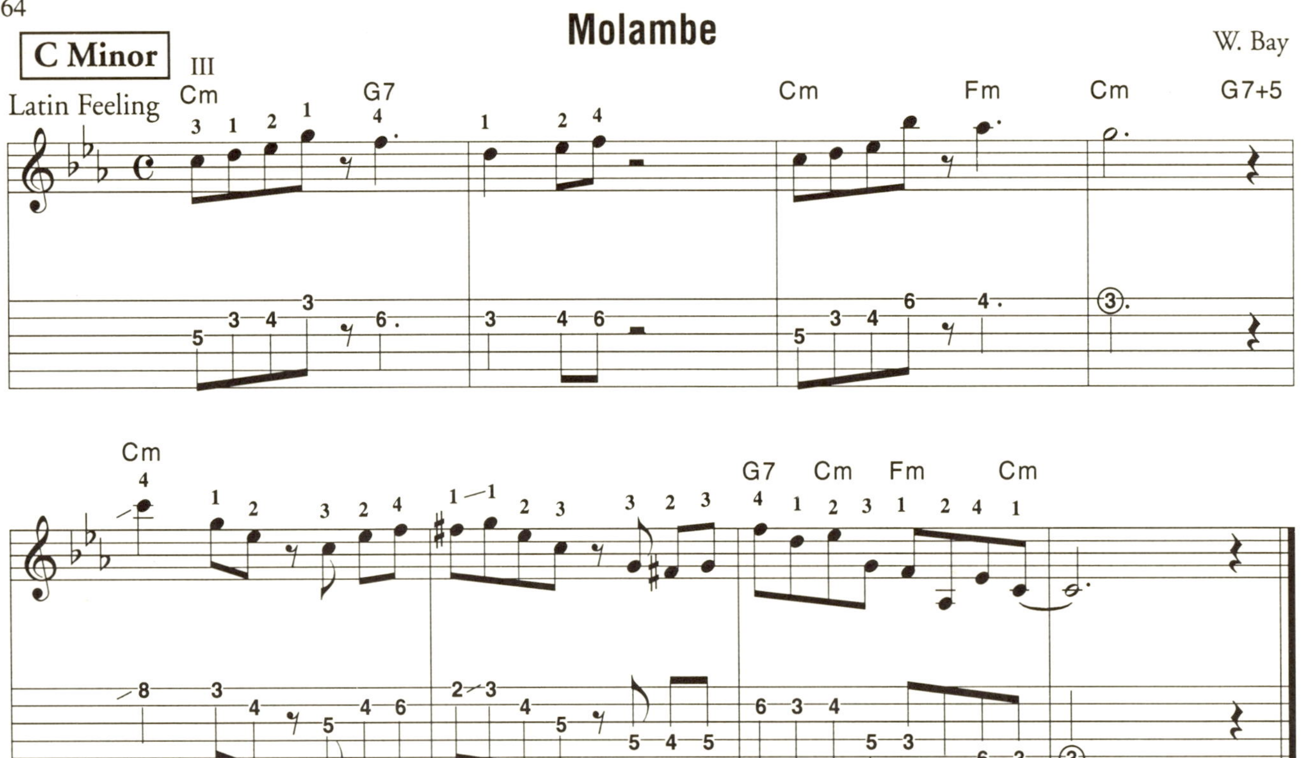